好·奇

提
供
一
种
眼
界

30岁那天我长出了一条尾巴

[美] 凯莉·卢斯——著
华大——译

北京联合出版公司
Beijing United Publishing Co.,Ltd.

献给我的母亲

For my mom

鰯の頭も信心から

信仰甚至能赋予沙丁鱼头以力量。[1]

秋茄子は嫁に食わすな

不要让儿媳吃你的秋茄子。[2]

❶ 日本谚语。即便是鰯（沙丁鱼）头这样不值一提的东西，如果有了信仰，也能被视为珍贵的东西。这句谚语经常被用来表达励志之情。——译者注（若无特别说明，本书脚注皆为译者注。）

❷ 日本谚语。秋天是丰收的季节，这个季节的茄子格外美味。而不让儿媳吃这美味的秋茄子，必然是恶婆婆使了坏心眼。不过，也有一种完全相反的说法是，茄子属寒性食物，婆婆为了儿媳的身体健康着想，所以不让其吃。

目 录

山田夫人的烤面包机

山田夫人的烤面包机

那时，我的叔叔经营着一家酒铺。每个周一，我把酒送出去，周五再把空酒瓶取回来。就这样，我差不多认识了整个镇子里的人，几乎每个人都从我叔叔那儿买过酒。

尽管我那时只有 14 岁，叔叔还是把他送货的卡车交给了我。镇上的山坡太陡，骑自行车根本上不去，更何况我还要带着那些酒瓶子。

老云住在寺庙后面一座简陋的棚屋里，满是皱纹的棕色脸庞就像一片干瘪的水果。我们小孩子都叫他“西梅干先生”，尽管我从来不知道这个外号指的是他长得像西梅干还是喜欢吃西梅干。

就是从老云那儿我第一次听说了山田夫人的烤面包机，据说那台烤面包机能预知一个人的死亡。我当时正在他家门前长满苔藓的台阶上整理酒瓶，满脸皱纹的他走到门口，以一种沧桑的口吻说道：“孩子，我今天知道了自己将会以何种方式离开这个世界。”

我整理完酒瓶站在那儿，不知道该说些什么。我抬起头看着他的眼睛，尽管以那种眼神直视年长者很不礼貌，但似乎那正是老云期待的回应。

他告诉我山田夫人有台烤面包机，如果你放进去一片面包，再弹出来的面包上会烤着几个汉字，那些字预示了你会怎么死去。

“你的是什么字，先生?”

“睡觉。这难道不是一种嘲讽？现在我终于可以了无牵挂。”他挥挥手，仿佛摆脱了尘世的烦恼一般走回屋里，左手紧紧抓着一个清酒瓶。

我没有告诉家里人老云对我说的话。我父母太忙了——那年他们开了一家乌冬面馆；而我姐姐新交了一个男朋友，放学后也不再四处乱晃。再者，我总觉得没有人会在乎这件事。我们一家都是怀疑论者，家里从来不过那些充满迷信色彩的节日，比如撒豆节或七夕节[3]。唯一庆祝的只有新年，那也不过是为了大吃大喝，尽情享受三天的美酒佳肴。

周五我去收拾老云的空酒瓶，又给他带了两瓶清酒——当然是他那周特别要求的。周一他便死了，在睡梦中自然死亡。

很显然，老云对很多人讲了山田夫人那台烤面包机对他的预言，因为他一死，镇子里的每个人都在讨论这件事。山田夫人一直是个举止古怪的人，她证实了所有的事：那台烤面包机去年预言了她丈夫的死亡，就在她丈夫犯心脏病死去的三天前，弹出的面包上写着"心脏"。之后，她婆婆也被预言死于肺炎。"它是来自上帝的礼物。"她在市集上向围拢在她身旁的人群这般描述。她把那台烤面包机夹在胳膊下面，垂下来的插头线仿佛一条摇摆不定的尾巴。当被问到她是否也为自己烤了一片面包时，她承认了。

---

[3] 撒豆节是日本传统节日之一，也叫"节分"，通常在2月3日、4日前后。在这一天，日本人会扔大豆驱赶"恶魔"，以此来迎接立春。七夕节源自中国的牛郎织女传说，但庆祝日期在日本各地并不统一，大部分地区采用阳历7月7日，部分地区为阴历。日本人会把自己的愿望写在长方形的诗笺上并挂在装饰用的竹枝上面，以祈求好运，有的地方还会举行七夕祭等大型活动。

“上面写的是什么?”

她说是“癌症”，之后便是一阵沉寂。

山田夫人就如你在镇上会见到的任何一位普通妇人一样，除了一点——她异常虔诚。很多年前，她曾敲过几次我家的门，想要提供“帮助”。我记得她的举止非常友善——但也很怪异，她走后，我妈妈最多翻个白眼，继续去看她的电视剧。不管怎样，那都是我很小时候的事情了。有了那台烤面包机后，她再也没有敲过邻居家的门。

她的房子位于小镇的边缘，建在一座呈梯状的大山的半山腰处，山顶是一片竹林。作为一位独居的寡妇，山田夫人算是我叔叔酒铺的大客户——每周都会要八瓶一升装的啤酒，平均每天一升还多！她身上的气味闻起来很清甜，甚至有些刺鼻，仿佛一颗熟透了的桃子；说话措辞讲究，总是穿着领子上带有蕾丝的衣服——她是怎么喝下那么多啤酒的呢?

我在她家厨房无可挑剔的餐桌旁想象着这一画面——将啤酒倒入玻璃杯，耐心地等待着酒沫消散，而后轻轻地抿一小口，一滴苦涩的液体在她喉咙间融化。啤酒裹着细腻的妆容，顺着脖颈流至胸部和肚脐之间，领口上的蕾丝无力地垂下，直至整个身体融入一片充满桃味香气的酒沫中。

那台烤面包机在镇上引发了不小的轰动。有人觉得那不过是山田夫人骗人的把戏；也有人相信它的威力，却不知该拿它怎么办。有人想把它摆在某个神龛里，像对神一般顶礼膜拜；另一些人则认为山田夫人应该把它卖给政府。

然而，人们争论最多的依然是是否应该利用这台烤面包机，成为“通晓一切”的人。很快，镇上的人分立为“知晓”与“不愿知晓”两派。每一派都声称自己站在道德的制高点上，毫无妥协的余地。旷日持久的争执引发了严重的后果，不仅无数昔日好友因此反目，更甚者，佐藤夫妇也因此闹到离婚的地步。

山田夫人没有参与其中的争议。谁都可以使用她那台烤面包机，她相信这份来自上帝的礼物不应该被埋没与浪费。每天，她家门前都会排起长长的队伍，每个人手里都拿着一块发白的面包，等待着知晓自己将以何种方式与死神“相见”。

然而，“不愿知晓”派却充满沮丧。一位自庆应义塾大学退休，人称“博士先生”的老教授跑到山田夫人家门前抗议。那个周五我刚好去山田夫人家收拾空酒瓶，看到他正平静且专注地同一位抱着婴儿的年轻母亲说话。他们完全没有注意到我从旁边走过，收拾起门口的玻璃瓶。我甚至能听到有人在厨房哭泣。

出来时我路过那位母亲，她正跟着“博士先生”朝马路走去，我猜他应该已经说服她不要进去。我低头走着，他却叫住了我。

“启介。”我转过头，惊讶于他竟然知道我的名字，“你也打算弄个明白吗?”

我耸了耸肩。兹事体大，而我总想着也许我永远不会死呢，也许等我老的那一天，人们已经发明出一种能治愈一切疾病的药物。

“我面对的是一场必输的战斗，”他说，“你无法保护人们不受伤害。”

我朝他鞠了一躬后快速走回车里。下山的路上，人群正络绎不绝地往山田夫人的家走去。我想着那位“博士先生”是否能阻止这么多人。

✧

又到了周一，我去送货的每一家都在兴奋地讨论着那台烤面包机。川端夫人被预言将死于火灾，新城夫人也是。她俩都是图书馆的管理员。因此，人们给那个老旧的木头建筑图书馆额外添置了几台灭火器，以及一台先进的自动喷水灭火装置。

一对新婚夫妇取消了飞往夏威夷的蜜月旅行航班，因为他们的面包弹出来时都写着“空中”。

晚餐时，我父母和姐姐讨论着这些人都疯了，但我没说话。我并不是真的相信那台烤面包机，但我至少愿意被说服，也许吧。

消息传遍了整个城镇，山田夫人家的门外挤满了排队的人，新闻采访车也停在本就狭窄的街道上，以至于我去送货时不得不把车停到五十米之外的地方。

“博士先生”站在门廊前，向排队的人吼道：“不要让好奇心毁了你的头脑！”队伍里满是陌生的面孔。几个大学生模样的孩子与他站在一起，举着标语，有节奏地喊着：“已知的死亡会毁掉生的意志！”人群无视他们的存在，沉默着，仿佛是在排队接受上帝的祝福。我拎着啤酒小心翼翼地走过，一边道歉一边偷窥着人群中的一张张面孔。一些人似乎迷失在了自己的思考中，凝视着山顶的竹林发呆；另一些人则紧张地同别人耳语。

“嗨，不要插队，兄弟。”我走过时有人说道。我指着一木箱啤酒，几乎要脱口而出“送货的”，但随后想到，山田夫人也许并不希望别人知道她要了这些啤酒，因此我又折了回去。

我待在自己的卡车旁，观察着人们从那幢房子里进进出出，每个人手里都紧紧抓着一片面包。愿意“通晓一切”的人很多：有的人看起来充满困惑，有的人则似乎获得了解脱。一个女人放声大哭，扔掉了自己的面包，我看到上面写着“自杀”。

这场面怪异又恐怖，而更恐怖的是人们一脸空白和迷失的神情，仿佛他们已经死去。突然，前面传来一阵哭声，人群开始躁动起来，彼此打着手势交流，有些人陆续离开。

“坏了？对！我就知道这是一场骗局。”

“真是倒霉……应该早点来的。”

“不是很确定我真的想知道，说实话……”

等到所有人都离开了，我才拎着那箱酒走到门口:“山田夫人?”

她走进客厅，一如往常地精致。“启介，你真是太好了，这么多人挤在这儿你还来送酒。我之前就看到你的卡车停在外面，还以为你早就走了。”

“没有，夫人。”我把那箱酒递给她，她没说什么便接了过去。我左右摇晃着，试图偷窥一眼厨房。“进来喝一杯。”她说道。

那台烤面包机就在那儿，没插电源，摆在一张黄色圆桌的正中间。银色的单片烤面包机镶着黑边，槽口的边上有些生锈。桌子上满是面包的碎屑。让我感到困惑的是，拿到烤面包的人要把面包吃下去，预言才会成真吗，还是只要把面包烤出来就够了?

“对，就是它。”

“它是……坏了吗?”我问道。

她皱了下眉头:“好像是的。”

“它真的有用吗?”

她笑了起来，领口上的蕾丝让她看起来平静又安详。“噢，是的！上帝的方法总是超出我们的理解。我们是谁，又怎能评判他呢?”

“但是……也许你能把它修好。”

“也许吧。但这或许就是烤面包机自身的命运。”她从木箱里拿出一瓶啤酒，指着后门，“请过来。”

※

我跟着她走出了后门。后院的花园杂草丛生，同山田夫人精致的形象大相径庭。我们穿过一片藤蔓到达后院的最里面，一座神龛矗立在高高的泥台上。那是一片家族墓地。

“这是我的祖先长眠之处，最近去世的是我的丈夫。”她说着，拿起神龛底座上的开瓶器。

“他生前爱喝啤酒。他觉得人生中最美好的事情就是，在日落时分的花园里来一杯冰啤，修二啊。”

她熟练地打开啤酒瓶盖，将啤酒洒在神龛上，神龛里的雕像慢慢沾满焦糖色的酒沫。她大力地摇晃着酒瓶，几滴酒沫溅到她身上，那样子看起来就像我姐姐在跟着“早安少女”的歌曲跳舞。

瓶里的酒倒干后，她把瓶子放在摆祭品的台子上。这个家族的姓氏山田——意味着天边的山和尘世的农田——用精美的书法镌刻在石碑上，而啤酒则顺着石碑缓缓流下，仿佛夏季里一条慵懒的河。她叹息道：“我每天都会如此，这是我对他的祭奠。”

目睹这一切后，我大胆地问道：“山田夫人，那第八瓶酒呢？”

她笑了起来：“你真是个聪明的家伙。”

✧

她走回房子里，回来时手里拿着那台烤面包机和另一瓶酒。“你知道什么是洗礼吗？”

“不知道，山田夫人。”

“洗礼是一种仪式，它可以洗走一个人的原罪。”她说着将烤面包机放在摆祭品的台子上，再次拿起开瓶器，“这仪式可以净化一个人。”然后她将酒瓶举过头顶，闭上眼睛，将整瓶酒倒了下来。

我条件反射般地想去阻止她，但她制止了我。整瓶啤酒泼到她的头发、脸、白色的衬衫和米黄色的长裙上。她的头发变得湿漉漉的，面颊上的妆也随之卸下，裸露出暗沉的皮肤。四分之三的酒倒出后，她停了下来，睁开眼睛，把酒瓶递给了我。

我没有接。我能听到的只有啤酒一滴一滴落在山田夫人脚边泥土上的声音。我想到我叔叔一定会说，真是浪费酒。

他总是说，浪费好酒是一种罪过。

我想要接过酒瓶——也许她是想让我帮她举着——但她随后将酒瓶举向空中，说道：“曾经他们来找我，我尽了最大的努力解释上帝的旨意，以及如何获得救赎，但没有人听我的。”剩下的啤酒在瓶子里晃荡作响。她闭上眼睛，似乎已经忘记我还站在她的身边。

“我未曾向任何人揭示过真理。”她说道。她睁开眼睛，四下张望，身子仿佛喝醉一般摇摇晃晃。当她看到我还站在那儿时，她再次把酒瓶递给我。几缕打湿的头发贴在她的脸颊上，她笑了一下，我永远也不会忘记那笑容，她的样子仿佛一个在水池里玩耍的小女孩。

我走近她，近到我能透过湿透的衬衫看到她粉红色的胸罩。我们一起把剩下的酒倒进了烤面包机的空槽里，直到啤酒满溢出来，她按下了旁边的操作杆。

她看向天空。我想着她是否在思考自己的死亡。

我追寻着她的目光，山巅的竹林茂密地生长着。竹节在我无法感知的微风中轻轻摆动，天边的蓝色若隐若现，我亦不知其意。眼前的画面于我来说，是奇迹一般的存在。

蓝色恶魔

蓝色恶魔

雅打开满是灰尘的窗户。海藻的气息随着微风涌入房间，几乎覆盖了空气清新剂的味道。低矮的桌子上，绢花立在花瓶的水中。小崎站在桌前，掰掉花瓣，只留下塑料花茎。

“我们永远待在这里吧。”雅将行李箱立在墙边时，她说道。房间里没有衣橱。

雅刻意挑了这间小旅馆——便宜且俗气，正是小崎会喜欢的那种类型。虽然不会是自己的蜜月旅行地首选——当然不会，但他想让小崎开心，让她知道自己被了解胜过一切。雅的第一任妻子总是抱怨他不了解或不想了解她，也许她是对的。那时他把大部分时间都用在了工作上；那时他还年轻，依然自私。

掰完绢花上的花瓣后，小崎躺了下来，做起了仰卧起坐。“我决定练出 12 块腹肌，”她说，“这是我给你的结婚礼物。”

雅靠墙站着，赞赏地看着自己的妻子。他第一次遇到她是在大阪一家画廊，到今天还不到一年。那天，她盘腿坐在一个提线木偶前，身着一件下摆开衩的印花裙，长发带有一丝未经梳理的散乱，脚从网球鞋里伸了出来。她没有化妆，雅喜欢这一点。他刚过五十岁，完全不再担心如何应对一位美人。

“小崎，要不我们去沙滩散散步？”他说道。他有重要的事情想要讨论，严肃的谈话最好伴以简单的身体运动。“我打赌这儿的台风一定会吹来一些有趣的东西。”

她优雅地把脑袋压到脚趾：“你知道我最爱那些残骸。”

沿着海岸线，水中的混凝土防波堤看起来像极了某种古生物。天空平坦而灰暗，银色的水面与黑暗的地平线相遇。一簇簇海藻环绕着海岸。空气中满是鱼腥味，但微风闻起来却有轻微的甘甜，像冰激凌。雅觉得很满足，在遇到小崎之前，他从未真正关注过这些细节。

现在他们结婚了，是时候讨论一些极其重要的事情了：组建一个家庭。这个话题他们之前只含蓄地提过一次——一切都发生得太快，但雅知道，小崎一定也想要个孩子，就如他知道她一定会喜欢那家破旧的小旅馆。确实，她有些难以捉摸，不拘泥于传统，甚至有点古怪，但她始终是个女人。

香织曾经就非常想要孩子，甚至偷偷停掉了避孕药。她怀孕后，他们就结了婚，后来她流产了，他觉得自己好像被骗了，像一只被诱骗进笼子的动物。但这些都是过去的事了。他握住小崎的手，轻轻地捏了捏，清了清嗓子。

这时，他们发现一只海鸥的尸体，躺在明亮的绿色海藻上。海鸥的一只眼睛睁着，橘色的虹膜定定地看向他们。雅想拉着小崎继续往前走，但她却站着一动不动。

“可怜的小家伙，”她说道，“一只鸟怎么会溺死呢？”

“我们没法确定它就是溺死的，也许它是在陆地上死的，然后被冲到了这里。”

“或者，它是被台风刮来这里。想象一下，飞啊飞啊，但找不到可以降落的地方，因此非常疲惫……”

“它已经死了。”他坚定地说道，因为此刻出现的这个不好的兆头而不得不推后计划中的讨论让他有些懊恼。

“也许你是对的。我打赌它过了充实的一生，可以飞到任何想要去的地方。”小崎凝视着他，风吹乱了她脸上的秀发。她双脚跳入涨潮的海水中，他看着她长长的脚趾留下的印迹被海水冲刷不见。

他们继续走着，潮湿的沙子沾满双脚，直至走到沙滩的尽头，一堆瓦砾中矗立着一块石板。那石板上刻着字，上面还残留着细瘦、浅显的刻痕。

“致以崇高的敬意……”雅以极慢的语速读着，“我都认不出其中好多字，这些字都太古老了。”

小崎走到石板旁，两根手指指着上面的字：“万分感激大海赐予我们的礼物……这一年……”她指着其中一个字，字的笔画挤在了一起，“我觉得这应该是‘蓝色’的古文，或者是指‘蓝色的本质’。”小崎说道。

雅极其喜欢她使用日文的方式。她经常使用古文表达，比如“水”用“o-hia”，索吻时用“seppun”而不是更为现代的“kisu”。

他想起了自己的母亲，她总是警告他不要娶一个混血儿——一个只有一半日本血统的女孩，甚至嘲讽这女孩只有他一半的年纪。这个老女人真是够顽固的。

他已经做了决定。除非再遇到另一个坏兆头，否则他将在晚餐时提起孩子的事。

⁂

当下的生活顺遂。小崎的木偶艺术事业有所起色，尽管她花的钱比赚的多。但是，目前的财务状况稳健有余，多亏了雅离婚后的几笔明智的房产投资。人生是时候迈出下一步了，雅打心眼里这么想。

那晚，他们散步到城镇空荡荡的主街，来到一家装修奢华的酒店，里面有家中世纪主题的餐厅。他们坐在过大的椅子上，他的椅子是那种垫了软垫的皮革座椅，她的则垫了深色的动物皮毛。用餐时，小崎向前靠了靠。“我能看出来你有话要说，我洗耳恭听。”她边说边捏着自己的耳垂。

雅迷恋眼前这个女人。她的脸庞就像一颗跳动的心脏。当她用灰色的眼睛看向他时，她是那么光芒耀眼。

他往前靠了靠，用两根手指环绕着她的手腕。“我——我想要一个孩子。”他说了出来，尽管不是以他曾练习过的雄辩的口才讲出来的，但小崎是他的妻子，又不是客户。

“现在？”

“是的。我——不想做爷爷，而且我也没到脱发的年龄。”

“这很容易，也许再等个几年，等我的事业有了起色。”

“就算现在，你依然可以追求你的艺术。有时——嗯，有时候命运也有其他的安排。”

“你和你的命运。”

她不是个迷信的人。事实上，她甚至会刻意做些看起来不那么吉利的事。当雅的母亲快递来一份神道教日历，让他们挑选办婚礼的良辰吉日时，小崎选了那一年最不吉利的一天。他的母亲拒绝参加婚礼。

实际上，雅自那以后就再没跟自己的母亲说过话。他父亲倒特地在某个周日打来电话，但他几乎没有问起小崎，也从来不称呼她的名字，只是说“她会陪你去吗”或者“她最近身体怎么样”。小崎觉得这很有意思。“我成了一个和你成婚的代名词。”她说道。

“我们所经历的一切都是命运的安排，”雅说道，“命中注定。我们的孩子会通晓商业和艺术、日语和英语。我们也不会遇到，如果不是……”

“我知道，我知道，那架钢琴。”

雅喜欢把这一切都归功于那架钢琴。它从一台起重机上掉下来，重重地摔在人行横道上，沉重的声响仿佛末日降临。街上的行人，包括雅，不得不绕道到一条很窄的小路——就是在那条小路上，一家小型画廊里展示着小崎的木偶。雅觉得这种不得已的绕道本就是一种信号，于是便走进了那家画廊。

“你不能不承认——如果不是这样，我们根本遇不到彼此。”

他喜欢那种“自己对某人来说是命中注定的礼物”的想法，并且坚信了很多年。

“人们并不会找到彼此，只是碰巧遇到。”

“好吧，也许我并不是在寻找你，但我曾经寻找的——我也不知道是什么……但……那只能是你啊！”他提高了自己的音调，邻桌的年轻情侣看了他们一眼。

“那架钢琴只是一个巧合。不然你也会‘找到’别的什么人。”

“你这么说的话，那一切都不再特别了。”

她将胳膊肘抵在桌子上:“想知道我们在一起的真正原因?”

“当然，亲爱的。”

凑近他说话时，她的围巾浸到了她面前的汤碗里，她低声耳语道:“我长了一条尾巴。”

他大笑起来，仿佛是为了让餐厅里的每一个人都知道一切进展顺利。

“它从我后背下方的痣那儿长出来。”

他放开了她的手,往椅背上靠了靠,紧握着结实的皮革扶手。“真有意思。它很长吗?”

小崎举起了手，用拇指和小指尽量分开比画着。

“那它又是怎么让我们在一起的呢?”

“长了这条尾巴之后，我就不得不把在商场的工作辞了——

紧绷的工作制服没法包住尾巴——也就是在那时候我开始从事木偶戏表演的工作。”

“非常合理。你知道吗，这么说来我也有一条尾巴。”他并不介意自己原定的谈话被打乱，跟小崎继续这个话题让他觉得自己又年轻起来了。

“还有，我并不是处女。”

“嗯?”他没听懂这个笑话。

“我们刚认识时，我不愿意跟你发生关系就是因为这条尾巴。让你看到我那种赤身裸体的样子，很难为情。我在等待一个对的时机……等到这条尾巴掉了以后，而不是等到跟你相处得比较舒服以后。”

“你到底在说什么?你还在跟我开玩笑吗?”一阵眩晕感在他的胸口翻转，胸口越来越紧，视线也变得模糊，仿佛脑袋里刚刚刮了一场龙卷风。

“你不是处女？”

她用另一只手舀了一勺汤，咕嘟咕嘟地喝着：“不然你以为呢？”

“那你到底睡过几个男人？”

“没有很多。”她说道。

“有没有五个？”

“也许吧，应该不到五个。”

“三个？”

可能还有一个——高中时期的男朋友，过去太久她几乎想不起来对方的名字。“我刚告诉你我长了一条尾巴，你却更在意我睡过几个男人？”

雅摸了摸自己的脖子。他决定结束这个话题，继续一开始他提起的那件事——真正重要的事。

但她不停地笑着，捂着自己的脸，重复着："我告诉你我长了一条尾巴，你却更在意……"

那晚，雅梦到自己是一只鸟，长着巨大且笨重的翅膀，飞过一片海洋。他的肌肉灼烧着，已经飞了数日，还是没有地方可以降落。他搜寻着象征陆地的地平线——什么也看不到。

雨打在他的眼睛里，他开始坠落。他使出全力拍打翅膀，以此来对抗重力和下落后的加速度，但失败了。就在意识到自己即将死去时，他才发现自己只是不停地在空中盘旋。

即将坠落到海面上时，他惊醒了。他从床上坐起来，汗水从他的鼻子旁滑过。他看了一圈房间，发现小崎本该躺着的地方空空如也。

他站在窗前。昨晚他吃得很少，完全没有胃口，也终究没能继续孩子的话题。喝完汤以后，小崎说自己已经饱了，于是两人返回酒店。

那晚没有月亮，沙滩如一条黑色的丝带。海水拍打着海藻，海浪裹挟着汩汩的水声扭作一团。沙滩遥远的尽头，靠近神龛的地方，他发现有东西在动，一团漆黑里仍能看到一块黑色的形状。是她在那儿吗？午夜时分，在那个吓人的神龛旁逗留？昨晚晚餐时，她古怪的举动毁掉的不仅是他的胃口。第一次，他开始考虑也许自己的母亲是对的。

曾有那么一刻，他觉得整个世界变成了一片荒芜之地，仿佛有一艘船趁他睡着时将一切都带走了。他穿上和服便衣。

弓着背的旅馆老板正在打扫酒吧。

“抱歉，”雅问道，“跟我在一起的女人——我妻子——你刚刚有看到她吗？”

“年轻的崎小姐？是的，我看到了。她刚下来用了卫生间，我猜她是不想打扰你睡觉。女人做这事总比你想象的频繁。”

“是吗?”

“男人从来不会介意吵到别人，凌晨两三点照样冲厕所。”

“你有没有注意到她后来去了哪儿?”

“抱歉，我一直在厨房进进出出。”

“我必须去散个步，呼吸点新鲜空气。我睡不着。”雅说道。

“小心您脚下的台阶。”旅馆老板说道。

雅在门口看到了自己那双阿迪达斯，他解开鞋带穿上。这个动作让他感觉到自由和力量。母亲的声音在脑中回响:“总有一天，你会重重地摔倒在地!”他从鞋带打在地面上的声响中获得了乐趣。走到小路的尽头便是沙滩，他脱掉鞋子，朝着旅馆的方向并排摆好。

神龛的周围寂静无人。他放宽了心，走向海岸边。沙子又冷又软，塞满了他的脚趾缝。他停在之前小崎发现海鸥的地方，那只鸟已经不见了。应该是什么动物把它叼走了，他想。然后，他听到一声发自喉咙的喊叫，如同乌鸦的叫声一般刺耳又凄厉。

是小崎。她把身子探出窗外，跟他几分钟前做的动作一样。一阵带着刺痛的释怀漫过了他的全身。小崎并没有离开旅馆，一定是她在卫生间时他们错过了。他抛了个飞吻，她故作表演地接住并吞了下去。

他痴痴地笑着，跪了下去，以手捧沙。每一粒沙都是一日，他想，看着沙子从指缝间滑落。他把手在大腿上拍了拍，向大海看去。月亮低低地挂在地平线上。柿月，他的母亲总会这么说。快速地成熟，快速地腐烂。

雅关上了身后的门，看着小崎。通常她都会平躺着睡觉，手指如孩子一般蜷缩在毛毯的边缘，但今晚她却趴着。她全身赤裸——小崎总是裸睡——雅被毛毯下她柔美的曲线打动。他低声呼唤她的名字。

她动了一下，但没有回应。他想起了刚刚的噩梦，至今还浑身发抖，并祈祷着他的妻子一直好梦。之后，他拉起她背上的毛毯。

他的眼睛落在她脊柱尾端那颗痣上，想象着有一条尾巴从那里长出来，一条柔软、色泽丰富的延伸物，长满浓密的毛发，就像某个卡通人物的尾巴。

婚姻讲究的是适应，小崎总是强迫他放松一些——一种比他自己意识到的更需要的特质。他躺进毛毯，庆幸自己听从了命运的召唤，娶到了自己的新妻子，除了她的性格有些叛逆以及家人的反对。

但他还是睡不着。尽管刚才在沙滩上已经如释重负，但仍有什么东西在黑暗中咬噬着他。她今晚的行为让他起疑，他不喜欢怀疑。此刻，当他看着小崎时，他看到的是两个女人：一个善良的、他娶的那个女人；另一个则邪恶、爱操纵人。也许是时间太晚的缘故，他才会出现这种感觉。他在把毛毯盖回小崎身上前，眼神停留在那颗痣上。只是一眨眼的工夫，他似乎看到了它在抽动。

※

“这几天我都睡不好，”旅馆老板说道，“人年纪越大，夜就越长。”

“似乎是这样。”

旅馆老板从一个棕色瓶子里倒了两杯清酒，放在木质吧台上。“你们结婚多久了？”

“这几天是我们的蜜月。”

那男人狠狠地拍了一下吧台，震得他们的酒杯咯咯直响。“在这个垃圾一样的旅馆？没有任何冒犯之意，我们此刻在一起喝酒，就像朋友一样说话。”

“我妻子喜欢这种老旧的地方。不流俗，老旧，‘有某种特色’，她这么说。”

“这儿到处都是这种特色。”

他们喝着酒。雅先干了自己那杯。“之前台风刮得厉害吗？”

“这里比岛上其他地方好点。风暴基本没有经过这里，因为气流的缘故。”

“那很幸运。”

“嗯，不得不说，即便如此，还是毁了不少东西，你看到海滩了吧。”

“确实一团糟。”雅说道，再次想起那只海鸥。

“去年有场很严重的台风，这儿几乎没下一滴雨。但两天后，一辆汽车被冲上了沙滩。”

“不是开玩笑?”

“当然不是，相当神奇。你看到悬崖旁边那块刻了字的石头了吧?”

“确实注意到了。全是古文。”雅说道，“我妻子认得比我还清楚，虽然她只是半个日本人。”

“是吗?”

“嗯，她会说两种语言，但她喜欢那些古代的东西。”

“真的？那是挺奇怪。”

“奇怪？为什么?”

那男人没有回答他，再次往两人的酒杯里续满了酒。他似乎很费劲才把酒倒进酒杯里，大概已经醉了，雅想着。他自己也觉得有些醉意。

“所以那块石头有什么故事？它是某个古老神龛的一部分？”

男人举起酒杯，但并无意干杯。“他们说，它被恶魔附上了。”听到“恶魔”一词时，雅打了个寒战。

“数代以前有过一场台风，一个女人被冲上了岸——一个外国女人，没法跟村里的人交流。”

“她美得很诡异，眼睛是深海的蓝色，而且能力非凡，能做到很多正常人无法做到的事——治愈生病的孩子、织出来的和服像羽毛一样轻便又很暖和。人们都崇拜她。于是，他们在她被冲上来的地方建了那个神龛。”

“但没过多久，人们开始不相信她，村里一个孩子在她那儿看完病后死了。因为她眼睛的颜色，人们开始叫她‘蓝色恶魔’，并准备处决她。”

雅的嘴发干，他拿起自己的杯子，发现里面已经空了。他抓起瓶子，往杯子里倒酒。几秒钟后，他意识到瓶子也是空的。“所以，他们把她杀了？”

“她逃跑了。镇上有个老人，一位隐士，能听懂她的语言。就在计划处决她的那个晚上，他们两个跳上一艘没有桨的船，漂走了。那晚有一场暴风雨，之后再也没人见过他们。”

“这故事有一句是真的吗?”

“一个人的真相，对另一个人来说就是幻象——那句谚语是不是这么说的来着?”

雅感到浑身发冷，仿佛海面上的雾被悄悄吹了过来，吹进了酒吧里。一切都太突然了：小崎关于在他之前有男人的坦白让他很困惑，而且很荒唐——荒唐至极！还有那个她长了一条尾巴的说辞打乱了他讨论孩子的话题。她似乎总能快他一步掌控事情的走向。

而后，她出现了，她的声音如一条蛇般滑进房间，从他腿上爬到他的胸口，把他紧紧箍在那里。“麻烦总是迟迟到来。”她说着，仿佛在背诵一条谚语。

旅馆老板拿出了另一瓶酒，白葡萄酒，在吧台上摆上了第三个玻璃杯。“可怜的猫竟喜欢老鼠的陪伴。”他说道。

小崎侧身坐到雅旁边。她碰了下他的胳膊，随身散发出一阵青草香，一股暖流回到了他身上，他没有看她的眼睛。她的出现让他醉得更厉害了。“孤独，”小崎更正道，“是孤独的猫喜欢老鼠的陪伴。”

“没错。”旅馆老板回答。他们沉默地坐着，看着酒瓶上的冷气凝成的水珠滴入木头吧台的缝隙里。

老人站了起来。“原谅我的无礼，但是我的眼睛里好像进了沙子。”他把酒递给雅后说，“结婚礼物。明天可能会有一场暴风雨，你们两个总需要点什么消磨时光。”

雅从高脚凳上站起来，双手接过那瓶酒。“暴风雨？但报纸上说……”

“走吧，雅君。”小崎叫道，已经站起来走出了很远。雅看着她杂乱的头发在后背晃动。等他把头转回吧台，老人已经离开，酒吧后面的门随着主人的离开轻微地晃动着。

重逢

就在纯死后的那个冗长的周末，一群七星瓢虫出现在我们阴暗的家里。长着橘黄色翅膀的身体占满了天花板，留下黄色的污渍，硬壳摩擦着厕所墙壁的瓷砖发出嘎吱嘎吱的声响。空气闻起来像腐烂的核桃。

森田夫人，住在我家隔壁的邻居，提出要租给我她的地下室公寓，很便宜，至少那儿没虫。“密封得就像装鲜豆腐的包装盒。”她告诉我。她甚至有九年都没见过一只蟑螂，我说我想去看一眼。我的大脑云山雾罩，晕得厉害，几乎要休克。森田夫人说，一定是那些虫子闹的。

公寓里摆满了森田夫人和丈夫外出旅行带回来的各种小摆设。她丈夫去年突然离世，生前是真空吸尘器的设计师。“如果你之前用过康科的吸尘器，”森田夫人告诉我，“你就一定用过一森设计的真空管。”听到这个后，我感觉和她更亲近了。我租下了这间公寓。

主卧里摆满了各种真空吸尘器，但看起来都已年久失修。“一森把这个房间当作某种实验室。”她领我进屋参观时说道。我们跪坐在磨损的榻榻米上。“我还没有心情好好收拾过这个房间。”

我说我并不介意，但房间里的景象着实把我吓着了——那些机器摆了整整一圈，仿佛在等待着什么。其中一台摆在角落，大小如同一个半大的孩子，机体被蓬松的袋子罩着，四只脚呈矩形状立在那儿，螺纹管不合时宜地从机器里掉出来。但森田夫人很友好，她沏了茶，陪我聊了很久。我诉说起悼念别人的丈夫的孤独感。在七星瓢虫出现的六天前，他说会离婚，还送给我一个封口上被扎满洞的罐子，作为我们终会在一起的承诺——那些洞代表我们的关系被公开了，就在萤火虫节[4]到来之时。到那时，我们的朋友便会看到、知道，他说。对于离婚，他很伤心，但这种状态已经持续了很多年，没有什么好悲伤的了。让大家看到跟我在一起，他会更自豪。

森田夫人趿着拖鞋走出房间后，我四处看了看。刷毛、软管、齿轮满地都是，形状各异的塑料控制板散落各处，仿佛一片支离破碎的大陆，能将它们合为一体的东西不见了。

---

[4] 每年的初夏时节，日本多地都会举行萤火虫节。

我想起我们在一起的第一个夜晚：七夕节，纪念相爱的人永远被分隔在银河两边。在铺满鹅卵石的河岸边接吻之前，我们在一个男人的摊位前玩起了“贝壳”游戏：用眼睛盯着那只球，猜对的就是赢家。[5] 我早早地便放弃了，但纯却不愿放弃。四轮之后，我们还是离开了，他用方言表达遗憾：“我不能相信我竟然输了。”那音节听起来像滴入水洼的雨滴。

我捡起一条长长的红色软管的一端，上下拨动着，另一端连着一台迷你真空吸尘器。**初次见面。**很高兴见到你，先生。我斜靠在那台机器上，它卷曲着发出打招呼的声音时，我闭上了眼睛。纸灯笼在夏夜的热浪中闪烁着红黄色的光，空气中是炸鱿鱼和红豆饼的味道，门口拉客的服务生叫卖着，声音犹如诱饵：

仅限今晚，成本价出售，不容错过！

---

[5] “贝壳”游戏，又称“三壳一球”。操作者将三个贝壳或杯子摆成一排，在其中一个贝壳或杯子下放置一个球，快速变换所有贝壳或杯子的位置后停下，让其他人猜测球在哪个下面，多被看作一种障眼法，尤其在用钱下注时，多含有欺诈的成分，基本猜不中。

第一张桌子上站着一匹玩偶马，我曾在涂色比赛中赢过一匹，那是在我听到“侨民”这个词很久之前，也是在我知道日本人称呼外国人的专用俚语“局外人”之前。后来，我以那匹马的颜色给它起了个名字：沙砾。几天后，沙砾从我母亲的自行车后座上掉了下去。在后来不到三年的时间里，我让母亲至少重返那条路十多次。怎么会有东西就这样凭空消失了呢？

小马的价签上标着：350 日元，竞价拍卖。我仓促地出了一个价码，向四周看了看。没有人竞价，太好了。我将那匹小马拿到脸前，它柔软的小身体闻起来满是盐和油的味道，背部的青灰色绒毛绕成一团，它一定是曾在某个冬日掉在了马路上。我把它贴在我的脸颊上。

我挑了一件又一件物品：蓝色、黑色、红色墨水的圆珠笔，其中一支是薰衣草的香味，笔头好像被人咬过。发带。一只袜子。一排看起来像玉米粒的牙齿。离开时我丢下一堆硬币，小一点的硬币给一款相机，曾被我从过山车上掉下去摔坏了。大的一枚给一个金色的盒子，是高中时的男朋友送我的礼物。我的腋下和包里塞满了这些物品，腰带上夹了几件更大的：任天堂的游戏机，我之前以为它被偷了。还有一只粉红色皮靴，另一只还躺在我那虫满为患的公寓的衣橱里。我应该把那只皮靴一直留在那儿，留给那些七星瓢虫当窝，或坟墓。这双靴子是他送我的第一件礼物，却被我弄丢了一只。

最后一桌上只有一件东西，一个拳头大小、深红色的块状物正扭动着，就像一条从水中跃出的鱼。我盯着它，直至它变作一团模糊的红色。它没有价签，不过我的钱包早就空了。我转身走开，胳膊里夹满了大小不一的物件，但心里却空荡荡的，那感觉就好像那个贝壳游戏——根本就没有球，从来都没有。我凝神等待着一个声音，任何声音，它会将我带回过去。

鲁伊

自鲁伊死后，我便不再是我自己。曾经我极度厌恶的食物，如今甘之如饴。这种差异很可笑。我也早已经不穿胸罩。我打赌公司早就想解雇我，但他们也觉得为难，毕竟我弟弟刚死了。再者，他们付给我的薪水微薄，不过是刚毕业的大学生水平。事实是，《甜水周刊》根本就没有严苛的读者或出版标准。

你能看出来他们在努力变得敏锐：除了《警局爆笑笔录》和《婚礼公告》栏目，我还负责《讣告》版面——后来他们把这项工作给了那个实习生瑞恩，这样我就不必整天想着死了。但我还是会想，血腥、暴力的死，守灵和葬礼，还有垂死之人空洞无望的眼神，不管你怎么试图去闭上他们的眼睛，他们都不会像电影里演的那样乖乖地闭上——总会再把眼睛睁开。

我开始往《警局爆笑笔录》里加料，加点事实上并没有发生但确实很搞笑的内容，还偷偷加了一对黑猩猩的婚礼公告——带照片的——反正没人逮到我，不过闹剧止在了付印的前一刻。

几天前，我试图登录鲁伊的邮箱，很快就猜到了密码（“Miyazaki”，是他最喜欢的动画片导演的姓氏“宫崎”。鲁伊痴迷于日本。我们在夏威夷之行的行李箱上贴标签时，他把自己的名字拼作“Rui”[6]。他还学会了怎么用日文写自己的名字，用的是英文意思为“漂泊”和“陛下”的两个词）。这几天我一直在查看他的电子邮件，刚登录上，助理编辑迈拉便来到我的工位。她永远穿着同一件男士纽扣衬衫。

“嗨，亲爱的。”哪怕是笑的时候，她依然双唇紧闭。反正我从未见过她的牙齿。

“嗨。”

她张开嘴，然后又闭上，好像对什么事改了主意。“玛克辛，你还好吗？”

“呃，你知道，忙于工作上真正富有挑战性的任务是很治愈的，比如把婚礼公告一字一句打出来。”

---

[6] 鲁伊的英文写作Rooey，Rui为同音日文的罗马拼音。

她叹了口气，同情地看着我：“我正想跟你聊聊这个。”

我盯着屏幕。

她调低了自己的声音：“我明白你的处境，好吗？我觉得减轻你的工作负担对你有好处，但很明显这没什么效果。所以，玛克辛，要不要试着写篇封面故事？”

“那太好了。”我清空了鲁伊的垃圾邮件，屏幕看起来干净有序多了。

“真的？”

“当然。”我的手机响了起来，上面显示收到了一条短信。

她重重地点了点头，说道：“好吧，那就太好了！你要不这周好好想想这件事，然后我们周五聊一下？我知道你肯定有一堆点子。怎么样？”

“听起来很不错，谢谢你。”我回道，因为曾经的玛克辛一定会这么回答。但现在，我觉得自己已经失去了兴趣。

故事是这样的：两个人之间有了问题，其中错的那个人死了。世界因此变得一团糟，但谁都无能为力，只能兀自悲伤地活着。故事结束。

我打开手机，看到菲利克斯发来的信息："Uijoljoh pg zpv."

他之前用过这个代码，其中的把戏是每一个字母其实指代的是它的前一个字母，真正的意思是："我想你。"

我用"V 3"代替"U 2"[7]回复，关上手机，继续查看邮件。

下班后，我去了菲利克斯那里。他租了一间花园公寓，这就意味着他住在半地下室的位置，那里光线不太充足，但足够便宜。等我们攒够了钱，就搬到一起住，住个高点的

---

[7] 意即"我也想你"。

地方。

鲁伊上高中之前，我们家曾住在这附近，穿过伯灵顿区的小路就是我们以前住的房子，带一个地上游泳池，后院还停了一辆露营车。妈妈说她和爸爸以前经常开着它，我也坐着它去过几个地方，但我都不记得了。等到弟弟出生时，爸爸已经不在了，我也不太记得他了。

车上有一扇小门，我们经常从那里钻进露营车，轮流把对方锁在里面。这个游戏玩的是一个人被锁在里面直至害怕，敲门想出来之前能坚持多久。我们管它叫“棺材游戏”。露营车里一团漆黑，密不透风的空间里散发着一股羊毛烧焦的味道。

我比鲁伊大五岁，也更懂事，但有一次——我觉得自己应该是疯了，因为妈妈总是溺爱鲁伊——那次他敲门想出来，我却没有给他开门。他又敲了几次。一阵寂静之后，他吓哭了，我却在外面大笑了起来。

然后，他开始使劲拍门，几秒钟之后便开始尖叫。我笨拙地弄那个门锁，门剧烈抖动着。“放！我！出！去！”

“坚持住！”

等到门终于被打开，弟弟跌倒在一旁，脸色煞白，一脸不敢相信地盯着我，棕色的眼睛里浸满了泪水。他冲过来，边嘶吼边打我，我没有还手。最后，我们去玩了别的。他没有告诉妈妈——始终没有，那是我们最后一次玩“棺材游戏”。

要走六节台阶才能下到菲利克斯家的门前。每次走到最下面那一节，我总能意识到自己已经来到地面以下很深的地方。这公寓就像一个宽敞的墓穴，我总要抵御巨大的掉头走回去的冲动。

菲利克斯背朝着门正在做饭，没有听到我进门的声音。他光着上身，只穿了一条公司发的卡其裤。他称自己为“技术酱”[8]，肤色白得就像一张可以循环利用的白纸。菲利克斯

---

[8] “酱”一般用于对年轻人的称呼，是一种比较可爱的说法。

为一家互联网相亲网站工作，负责员工电脑的维修，他觉得这工作很有意思。他觉得什么都很有意思，这可能就是我喜欢他的原因。

我看着厨房里他清瘦的背影，想着他应该能自动进行生物降解吧。随后又想到，他的身体和这间公寓正好相映成趣，下半部分被掩埋，上半部分裸露在日光下。

他转过身看到我，叫着："玛——克——辛！你没必要打开那盏红色的灯的!"他将我的脸捧在手心，大声地亲吻了我一下。

晚餐我们吃了意大利青酱面，他说着自己是如何人不在公司就远程解决了三个人的电脑问题。"如果人们懂得运行'故障诊断'，就能节省很多时间，只需要一个运行程序，就是这么简单!"

自从鲁伊死后，菲利克斯变得更热情了，也许是为了填充我的沉默。我告诉了他封面故事的事，他想要为此庆祝，于是我们在床上喝掉了一整瓶香槟。

“我感觉好多了。”

“真的?”

“鲁伊的事。”

“太好了!”

“我觉得我正在慢慢走出来。我已经哭够了。”

“哇哦，好吧。你知道的，慢慢来。这件事没有时间限制。”他严肃地看着我，我注意到他皮肤上的毛孔，它们什么时候变得这么大了？他的床头柜上放着一本书，我拿过来看到:《当心爱之人悲伤时》。

“你有没有想过试试心理咨询?”他问道。

“那不适合我。”

“我知道你不相信，但不试一下的话，你怎么知道不适合呢?”

“我现在不太想谈这件事。”

之后，我们都睡着了。我梦到自己一个人，游进一片漆黑的海洋，我不知道该往哪里游，海底在几千米之下。我看到有鱼鳍出现在很远的地方，我游开了，但它追了上来。当它离我越来越近时，我看到那是鲁伊，看到他眼中对我的恨意。我无助地看着他离我越来越近，露出牙齿和牙龈。当他最终游到我身边时，一股热流包裹住我的脖颈，我感觉自己仿佛被溶解了。我屈服了，然后醒了过来。那屈服是一种释怀，如此强有力，我发现自己从床上坐了起来，大口喘着气。那种屈服感是这世界上最悲伤的感受。

已经过去了三个月零三天。妈妈自那以后再没给自己的一头金发上过色，不断长出的黑色发根仿佛一把量尺：度量出她的悲伤与日俱增。她通常会把上午睡过去，下午逛街购物，然后精心准备晚餐。她会做鲁伊喜欢的菜式——咖喱猪肉和帕尔玛奶酪茄子。我曾去找她寻求安慰。人生中第一次，我吃光了盘子里的所有食物。妈妈则相反。以前，她在给我们的盘子里盛满三文鱼炖菜后，就坐在一旁，盯着桌旁那把空空的椅子；现在是两把，仿佛她在等着晚到的客人。我无言以对，只得吞下咸得齁人的食物，尽可能长久地坐在那里陪她，直到再也忍受不了，站起来清理掉她一动没动的盘子。

鲁伊长得很像爸爸，我谁都不像。我五官的每个部分都很小，就像一盘在最后一刻才凑到一起的饭菜。有时我们去父母的朋友家玩，他们总是对鲁伊的样子大惊小怪。“迪恩的副本。”妈妈总会拨弄着弟弟乱蓬蓬的金色卷发这么说。然后他们看到我，就会拿送奶工开玩笑。

学校是我的救赎地。高中时，我是国家荣誉学生协会会员、生物俱乐部的副主席，还是学校游泳代表队的一员。鲁伊和妈妈来观看我的游泳比赛时总会坐在同一处位置，在露天看台的最上面，边笑边吃锐滋巧克力。泪水在最后一棒接力的泳池里流过，我想他们正看着我，所以我游得更加用力，肌肉撕裂着。我知道如果我赢了，在某一刻我会成为焦点，我就能在他们之间一处小小的空隙里占有一席之地。

守丧期间，我跟人说到去年圣诞节带鲁伊练习开车的事。对于一个那么喜欢车的孩子来说，鲁伊是个很糟糕的司机，他总是拿这件事开玩笑。“等我们练完车回来，让妈妈带我们出去吃快餐。”“我要把这辆车侧着停进去，好难。”从这些事能看出鲁伊本性不坏，而且他敢于自嘲。更重要的是，他从来没有泄气过。他对生活充满信心，从不抱怨什么。故事的这个部分总会得到友善的回应。

而我没说的部分是，当我从家里搬出来时，妈妈让我把我的车给鲁伊这事让我有多么气愤。那辆东风日产是祖父母给我的二手车，我才开了不到一年。我在鲁伊那个年龄根本就没有车，我争辩着，这不公平。

但鲁伊把问题解决了——他不想要我的车。他想要一辆二手的福特雷鸟，他在罗杰的金属车间找了份工作赚外快。罗杰是个信佛的嬉皮士，住在街区的另一头。鲁伊是一个让人恨不起来的孩子，但正因为这样，我不得不承认，我更恨他了。

自我从夏威夷回来后，鲁伊的房门就一直紧锁着。妈妈还没准备好打开它。“那里有太多他的气息。”她一提到鲁伊的名字就哭，但我总觉得心里空空的。我每晚都回来这里，躺在床上，等着从妈妈那里偷来的安眠药慢慢生效，然后偷偷走过破损的拼花地板来到他的房间，我的脚会本能地避开那些吱吱作响的地方。小的时候，我们常会偷偷溜进厨房找几块放在一个绿色罐子里的锐滋巧克力。

鲁伊的房间不通气，闻起来有股花生酱的味道。上小学时，他坚持要把自己的房间漆成太空的样子：我刷了木星和海王星，鲁伊刷了剩下的——除了地球是妈妈刷的。等到油漆干了以后，鲁伊用圆珠笔里的小钢珠标出了印第安纳州的大概位置。

我歪倒在他的床上，试图想象成为他会是什么样子。鲁伊有过女朋友，尽管我们从未这样称呼过她，只是叫她“他的朋友”莉莉。她的父母在她快要出生时从日本来这里定居，给她起了一个他们也念不出来的名字。有次我去鲁伊的房间，撞见他们在床上——面朝天花板并排躺在那里，莉莉的胳膊放在身体两侧，靠近鲁伊的那只手来回抚摸着两人的腿，鲁伊的双手合拢搭在自己的肚子上。两人一起盯着天花板出神。

她是个长相很奇怪的女孩子，有一张小小的泛着细纹的嘴巴，长发及腰，眼睛和鼻子也小小的，你会诧异她的脑袋怎么没有被那么多头发坠弯。她带着牙箍——也许那能让她的脑袋保持点平衡。在葬礼上，她哭了，不是捂着眼睛，而是嘴巴。

整个夜晚都是如此度过，我如漂浮一般平躺在他的床上，脑袋里满是各种细节，所有那些我从没想过要问他的问题：他和莉莉怎么样了？他知道自己在做什么吗？在金属车间的工作做得怎么样？擅长吗？

油漆的太空图案在头顶旋转，被窗外半圆的月亮点亮。天花板上的那个点——那个当你在黑暗中思考时目光会不自觉停留的点，低声地回复着：

和莉莉的关系进展得很缓慢，让人焦灼不堪又兴奋不已。他们曾在放学后有过一次法式接吻，她尝起来咸咸的。如果他还活着的话，他一定会开着那辆福特雷鸟带她去看场电影。随着两人的关系越来越亲密，他会在自己工作的金属车间给她做东西，比如制作某个金属雕像送给她作为生日礼物。他很擅长制作模具，然后浇铸成一个工艺品的手工活。他有那个耐性。

当第一缕光线挣扎着投入房间时，我睁开了眼睛，或者只是感觉到自己正在睁开，我并没有真的睡着。我不觉得自己在这个房间里会真的睡着，这更像是一种夜间催眠，只有在阳光照进来后一切才清晰起来。

我站了起来，走向衣橱。一张 CD 专辑的封面贴在上面：The Vapors 乐队的单曲《变成日本人》[9]，是我去年送给鲁伊的圣诞节礼物。

---

[9] The Vapors 乐队的主唱大卫·芬顿曾在接受音乐频道 VH1 的采访中说："《变成日本人》是关于那些焦虑和青春的陈词滥调，最终它们会转化成你始料未及的东西。"

✧

我打开衣橱门，清冷、酸腐的空气飘了出来。鲁伊最喜欢的那件 T 恤挂在一个钩形木衣架上。那件 T 恤是灰色的，明显比衣橱里的其他 T 恤要短一些，上面印着青绿色的字母：POCARI SWEAT。

他那天很晚才从学校回来，在镇上商业街一家叫 Teed Off 的店里买的。他说他在网上看到——他总会上网看很多东西——宝矿力水特就是“日本版佳得乐”。当他把这事打电话告诉莉莉时，她着实笑了很久。鲁伊把话筒从耳边拿开，我从房间的另一头也听到了她的笑声。

之后，我开始思考自己那篇封面故事。有一刻，我意识到曾梦到过这一画面——我的名字出现在头版头条上，一张彩色插图配在我的文字旁——但如今这个曾让我辗转反侧的梦想不再让人激动万分。写篇那家绿色环保杂货店老板的传记报道？或者写写提斯镇那个利用太阳能发电的修道院？我什么时候开始觉得这些有意思了？要不就写镇上那个有辆保时捷卡雷拉 GT 的家伙好了。一辆五十万美元的车出现在这个镇子上——这是个新鲜事儿。我闭上眼睛想象着自己开着一辆跑车急驰在一条圆形跑道上，一圈又一圈，处在近乎失控的边缘。

去夏威夷的旅行是祖母送给我的毕业礼物。为了早点毕业，我花了两年夏天的时间参加夏季课程。自我有记忆起，我就没离开过这里。我想把鲁伊介绍给菲利克斯认识，因为在我看来，这将是我和鲁伊一起生活的最后一段时间。很快我就会搬出去，留下他独自面对这个真实的世界。我想让这样的日子再久一点。

他们告诉我说，我的做法是对的，游回岸边，寻求帮助，但我不记得了。我记得的只有那些声音：一声尖叫，还有呻吟，然后是水到处泼溅，就像孩子在浴缸里玩耍。我能听到沙滩上的孩子一个叫着另一个，他们在玩“红毛狗”[10]游戏，但

[10] 游戏伊始，孩子们分成两组，手拉手站成面对面两排，其中一排的一个孩子全力跑向对面，目的是突破防线。如果成功，双手分开的两个孩子就跟着回到他那边；如果失败，就要留在对面。然后轮到另一排突破，直到最后所有人都站成一排。

鲁伊的头慢慢下沉，前臂离金色的头发越来越远，手指从水底往上挣扎着，拂过我的肚子，我看到参差不齐的皮下组织在喷射血液。我记得自己转过身游开了。我能游回岸边纯属侥幸。

我一定是打了个瞌睡，再次睁开眼睛时，几个小时过去了，我在想莉莉。她长长的黑色秀发，以及大笑时对你眨眼的样子。我的心疼了一下，我意识到：我想念她。

这是种奇怪的感觉，想念某个我几乎不怎么认识的人，然而当我想到这一点时，这一切似乎又理所当然。为什么我不去看一下她呢？我环顾房间，看看有没有能带给她的东西。我低下头——就是它了——我要把这件 T 恤给她，这件她曾觉得很搞笑的 T 恤！

我一路走去，手里晃着装 T 恤的袋子。我走得很快，不时抬头看看天上的云，好奇莉莉看到我会说些什么，不知道她见到我会不会高兴。一辆小汽车高声鸣笛，我往后一跳，一辆吉普车里的女人隔着马路朝我摆了摆手，我红着脸横穿过马路。我很高兴自己有了一个急匆匆的理由，一路慢跑过最后一个街区来到了莉莉家。

水上夫人开了门。她穿着一双明黄色的人字拖，一只手放在门的把手上。她在看到我的一瞬间张开了嘴，仿佛想起了我是谁，尽管我们之前确实见过。我拎着袋子，内心无比紧张。她把我领进昏暗的客厅，房间里堆满了蕨类植物，仿佛在以一种悲伤的眼神看着我。我想说，不要悲伤！一切都会好起来，真的！

水上夫人带我来到厨房，莉莉正坐在餐桌旁做作业。

她看到我以后，往后挪了挪椅子，站了起来。我能看出她满脸惊讶，我这么说道。

“是的！”她边说边带我进去，“但是，你知道，是因为开心。”

她再也没说别的。

水上夫人端来一杯冰茶和一盘饼干放在桌上。“请坐。”她说。我们坐下后，她慢吞吞地走出了房间。

“很抱歉打扰你做作业，”我说，“我应该提前打个电话的。”

“不，没事的。”莉莉把摊开的课本推到一边，两条手臂放到桌子上，“反正数学也挺烦人的。”

我问了她在学校的情况，看着她的嘴巴动来动去说着什么，头发直直地垂下来搭着小巧的胸部，一直垂到大腿上，像一帘瀑布。我很想去抚摸。

“你还好吗?”她往后靠在椅子上。

“嗯，抱歉。”我满脸通红，思索着说点一个年长的姐姐应该说的话，“你的头发真美，我真希望自己也有那么长的头发。”

她做了个鬼脸，把头发甩到后面，然后从桌上拿起一把红色把手的剪刀。“我打算剪掉。”

“什么？不要！真的很美。”

“管它呢，它们已经跟了我一辈子，”她抓起一小绺，“是时候有点新东西了。”她打开剪刀，刀口对着头发。“真有意思。”我说。

她看着我，眼睛睁得大大的，然后合上了剪刀。我正准备从椅子上起身阻止她，但她在最后一秒把剪刀拿开了。“我让你很紧张吧。”她边笑边说道。

“是有那么一秒。好吧，也许是半秒。”

“好吧，我应该还是会这么做的。”她把几缕头发拉到前面，真的剪掉了它们，看着头发飘落到地上，她说，“这就像是……一次献祭。”

“但——他难道不是更想让你留着？”

她耸耸肩：“他并没有在这儿这么要求。”

我看着地板上的头发，突然有股想把它们捡起来的冲动，然后永远抓在手里紧紧不放。然后我想起了那件 T 恤，从袋子里把它倒了出来说："我把这个带来了，我想你可能会想留着它。"

她盯着蜷成一团的衣物，咬紧双唇。她把眼泪眨了回去，我往前探出身子，紧紧地抱住她。我闭上了眼睛，她的头靠在我的肩上，我的脸埋在她的发间，这感觉美妙极了。我的手抚摸着她的后背，把她抱得更紧了。

"我能——"水上夫人停在门口。莉莉和我赶紧分开，就像两个被抓到接吻的孩子。

"不好意思，"水上夫人说着，轻轻地鞠了一躬，退出了房间，"我想着是不是应该多拿点吃的来。"

"不用了，妈妈。"莉莉说。

"不了，谢谢您，"我在她离开前说道，尽管我并没有碰一下盘里的点心，"这些点心很美味。"

我和莉莉互相看了一眼对方后，她便低下头看着自己的膝盖。

“我该离开了。”

“谢谢你。”她说着，站了起来，一手紧握着那件 T 恤。

走到门口，我穿上鞋，对水上夫人道了别。莉莉和我站在外面。“很高兴见到你，”她说，“就是，你知道的，这是个惊喜。对不起，我一直在哭。我是说，他是你的弟弟。”

“我也很高兴见到你。你是他曾经很亲近，也很喜欢的人。他对人很挑剔，你知道的。”我们笑了。然后她抽泣着，看着我的眼睛。

“我也不知道，这很奇怪，但当你走进来时，我以为是他。我是不是都搞混了？”

“我想我一直有看到他。”

她抚摸着自己的头发说:“我只是……很想他。”

我想起他们躺在那张窄窄的床上，互相抚摸对方，想着如果是我和她躺在一起，那会是什么感觉?我想把这个想法告诉她，但我又能说些什么呢?

她再次看着我，异常专注地，就像在寻找一件丢失的物品。她深呼吸了一下，把 T 恤递给我:“你才应该留着它。”

我说了不要，却把手伸了过去。

“真的，我非常确定。”她的眼睛湿润了，小小的鼻子呈粉红色。她走回门边，门关上了，她摸索着门把手，眼睛却一直看着我。“再次感谢。”她转了下把手，往后退了一步，背影消失在阴暗中，“再见。”

“好的。”我勉强地笑了笑，拿着那件 T 恤挥了挥手。

我慢慢走回家。还是九月，但路边已经堆满落叶，踩在脚下嘎吱作响。似乎叶子一直在掉，真不知道树是如何能一直不停地掉叶子的。

※

周五，和迈拉的会议并不顺利。

“我并不是说写这个音乐节不好，”她说道，“完全不是。它只是不适合我们的读者群。”我能看出她淡蓝色的衬衫下面没穿胸罩，我突然好奇她的乳头是什么样的。

“那个漫画书展的报道怎么样？”

“嗯，我觉得应该可行，我唯一的担心是，这跟音乐节的报道问题一样。日本漫画书这几年确实很流行，但对于我们的订阅者来说……”她舔了舔嘴唇，缓慢地。她的舌头厚厚的、粉粉的，嘴唇闪闪发亮。“你知道，”看我没有任何回应，她又继续说道，“你之前是不是提到过一篇绿色环保杂货店老板的报道？”

我的身体里有什么东西正蠢蠢欲动，一股狂野的能量，像一股海浪。那篇报道读起来就像一个“疯狂填词”[11]游戏：

“死于失血过多。”不对：心脏停搏。

“一个人独自游泳。”错：死的可能会是我。

“死者只有 16 岁。”又错了：是 15 岁。如果他是 16 岁，他很可能待在家里，或者和朋友们开着他那辆福特雷鸟到处乱逛。他会有完全不同的经历。他会活下来。

“去他妈的，”我说道，“去他妈的新闻报道。”

迈拉往椅背上靠了靠。

“我才不在乎。”我站起来，走开了，一直走出门口，走进秋日午后刺眼的阳光里。

---

[11] 欧美流行的一种群体游戏，类似“故事接龙”，参与者共同编造一个故事，故事会随着每个人不同的想象发展。

✧

开车回家的路上，我收到菲利克斯发来的短信："rinned ta iva lebla? "自从那个尴尬的夜晚过后，我一直在回避菲利克斯和他那些不知所谓的信息——可能又是某个邀请——完全没心情弄懂它的意思。"晚点打给你。"我回道。

到家后，妈妈不在。我走到鲁伊的房间，那是唯一一个让我觉得真正属于自己的地方。

书架上摆了一整排日本漫画和日语学习手册。我抽出薄薄的一本，封面上的插图是一个蓝色头发、眼神中充满期待的小女孩，手里拿着一个红色的皮球，正扔给一个小男孩。小男孩咬紧牙关，表情紧张。小女孩仿佛在说："把这个球吞下去，你就能解除咒语！"书名是"你永远也不会用到的101个日本短语"。

我的手机响了，是迈拉。我没有接，她留了一条语音，希望我休一周假，"好好把事情想清楚"。她想让我知道，大家都是关心我的。听完她的语音，菲利克斯打了进来，我想都没想就接了。

“嗨,”他说,“你没打电话来。”

“哦，是，抱歉。我忘了。”

他沉默了一秒，然后说道:“你知道我之前那条短信的意思吗?”

“哦。不知道，我忘记了。”

“我在想要不去 Via Bella 餐厅共进晚餐。自从上次周年纪念后，我们就再没去过了，我正准备出门。”他笑了。

“啊。”

“我之前给你发的是个同字母异序句子。”他补充道。

我拿起鲁伊的吉他,一把红色的电吉他,品丝磨损严重。“我能一会儿再打给你吗?”

“当然，宝贝。”

我挂断电话，轻轻抱起吉他。无论我在学校取得过多么骄人的成绩，音乐课总是差强人意。乐队是我曾放弃的唯一一项活动。但鲁伊的吉他让人感觉良好。它很轻，放在胸前相当舒服，曲线优美的木质琴体靠在我的大腿上。琴颈细长，琴弦柔软。我不懂什么和弦，但闭上眼睛，手指在琴上随意拨弄，让人颇感慰藉。我的指尖摩挲着平滑的木质纹理，很偶然的，我拨弄着琴弦竟然弹出了听上去挺像样的调子。

直到很晚我都没有回复，菲利克斯再次发短信给我：“你还好吗？”我拿起《你永远也不会用到的101个日本短语》，随便翻到某一页，把看到的第一句话发了过去作为回复：“Ebi wa dashi no nakade yuukan ni tatakaimasu! ”意思是：“虾儿在肉汤里激烈地挣扎！”

他们在祖父母做礼拜的教堂做了弥撒。牧师说了些诸如“上

帝最先带走的是他最爱的人”“夭折是福”的话，那天的景象如幻灯片一般在我脑海中闪过——鲁伊的脑袋浮在水面上，眼睛睁得大大的，黑色的眼珠和他最后一次看我时一模一样，但我却游开到几米之外。我好奇的是，他是否知道自己正在死去，当他痛苦地闭上眼睛后，也就不会再睁开。我在牧师低声念诵时想着这一切，母亲苍白的嘴唇一张一合，眼神冰冷——她还没哭。我从长椅上站了起来，念叨着："都是放屁。"

那声音回荡在教堂里。我开始抽泣着，声音在房梁和彩绘玻璃间回响，耶稣挂在十字架上，手掌上流着血，脸上挂着平静的微笑。

是他，不是我，尽管我仅在几米开外。是他，不是我，尽管是我想比赛看谁游得远，我们都知道赢的肯定是我。不是我，尽管我那天还在生理期，吸引一条鲨鱼并不需要太多血液。

我站在那儿，浑身颤抖，周围的一切近乎静止地流动着，牧师用他平静、低沉的声音全神贯注地宣讲。他自始至终都未朝我们这个方向看一眼。我坐下后，母亲流下了她的第一滴泪水。

❖

门铃响时，我仍在弹吉他。我走过去开门，是菲利克斯。他看起来一脸忧虑。“嗨，”他说道，“发生了什么?”

我耸耸肩。

“我能进来吗?”

我请他进来，把他带到鲁伊的房间。我们坐在床上，他向周围看了看，目光停留在我身上，我没有看他的眼睛。两人之间的静默让人不是很舒服，但也没有那么不舒服。

“我之前从没来过这个房间。”

“我喜欢待在这儿。”

“我后来发现那条短信是日语，用罗马音写的，我翻译了一下，但不知道翻得对不对，因为其中有些词有好几个意思。”

“做得好。”我拿起了吉他，随意地弹奏着，他开始轻揉我的后背，时不时拍打着，好像我是他正在抚慰的打嗝的婴儿。终于，我说道：“我今天看到莉莉了。”

“是吗？在哪儿？”

“她家。”

“你过去的？那很好啊。她怎么样？”

很可爱，我想说。相当可爱，很美。但我说的是：“我能看出来她为什么那么吸引鲁伊。”

“那很好，我猜。你们说了很多鲁伊的事？”

“一点点。她也很想他。聊聊这个感觉好多了。”他拿起我的手，吻了一下。然后我哭了，脸埋在手掌里抽泣着：“她要把自己的长发都剪掉。”

“谁?”

“莉……莉莉。”

“我明白了。”他把我抱得更紧了，“哭出来吧。”

“我不想搬到一起住。”

之后，我们沉默以对。不一会儿，我注意到他也哭了。“这不是你的错。”我说。

“不，不，你现在很困惑，”他说道，“这是我的错，我不应该试图调动气氛，我要去给你寻求些帮助。心理咨询师，或者互助组或别的什么。”

“我想吐。”我刚说完便吐了出来。

“你想喝点什么吗?”

“我只想躺下。我晚点再打电话给你吧。”

“你想让我现在走吗？”

我点点头。“我晚点打给你。”

“如果这就是你想要的，是吗？”我点了点头，是的，是的。我捂住自己的嘴后，他才勉强离开房间。我跑向卫生间，吐空了胃里的水和一些未嚼烂的面包。把自己不需要的东西清干净后，感觉好多了。之后，我给莉莉打了电话，但无人接听。我留了一条信息：“今天谢谢你。如果你需要找人聊聊，或需要人陪，请给我打电话。真心希望你能来电。”

⟡

T 恤已经很破旧，但质地柔软。我看了一眼镜中的自己，莉莉是对的，我确实很像他。

我的头发颜色在变淡，有次走在日光下时，菲利克斯这么说，甚至有点变卷。

我记得菲利克斯曾对我说的，他从某本书上看到："悲伤与疗愈相伴共生，给自己一次沉重的打击，一切都会越来越好。"

"去他的，"我对着镜子说道，"我才去他妈的不在乎自己会不会变好。"我喜欢这个词，"去他妈的"，鲁伊也用过。

"去他妈的变好。我越快变好，就有人死得越早。"

原本有可能是我，也许就应该是我。毕竟，是我的体味吸引了鲨鱼，比赛游泳也是我的主意，去夏威夷也是我的毕业旅行。

很可能是我，应该是我。真见鬼——也许就是我，我看着镜子里的自己，我的眼睛是不是越来越黑？我向前一步，棕色的斑点正在侵蚀蓝色的眼珠。

我跌坐到地板上。木板嘎吱作响。

真相：自那以后我就没来过月经。

真相：我这几天根本就没睡过觉。

真相：我几乎已经无欲无求。好吧，也不是，也不完全对。我还有性欲。

坐到地板上，我能看到床底下塞了几件东西，我数了数，有七八件：两只冰球鞋，两个鞋盒，一双袜子，一片橘子皮，一卷卷尺，一瓶没打开的科罗娜。

我把脚伸到床下去够那个对着我的大鞋盒，应该是装冰球鞋的盒子，很重。里面有东西晃得叮当乱响，可能是什么工具。

我打开盒盖，充满某种仪式感。

盒子里装满了金属制的小雕像，是之前鲁伊在金属车间做的，每个佛像两三厘米高——叫什么来着？

（地藏）

帝藏？差不多。

（地藏）

我闭上了眼睛，有个声音在说："是地藏。"

地藏。

我拿起其中一个，审视着它的脸。两个新月拱形并列于光滑的脸上，形成了眼睛。耳朵过长，耳垂搭到了下巴下面。

我觉得这应该跟佛教有关，但并不清楚具体是什么。我把雕像放下，把电脑拿了过来。

在线百科全书说，"地藏"的意思是"地球的宝藏"或"地球的摇篮"。"传统来看，"那文章写道，"地藏被看作游客、消防员和孩子的守护神。"

孩子。我应该拿一个给莉莉，她应该会想要一个。

我继续读着:“特别是，地藏常被说成是流产或被打掉的胎儿，或者任何先于自己父母死去的孩子的灵魂。据说，以这种方式死去的孩子不能渡过圣河到达天堂，这是对他们给父母带去的痛苦的惩罚。”

如果我全力专注于自己的意志，我就能把他带回来，我盯着地藏那张昏昏欲睡的脸这么想着。只要我足够想要。

我长久地专注于那个雕像的脸，它似乎动了。它在我的手掌中扭动，嘴唇动了一下，似乎要说些什么，但我还没听到什么，妈妈的声音便传了进来。她站在门边:“嗨，宝贝。”

“看，”我小声说道，举着那个雕像，“你知道吗，它是孩子的守护神。”

她一声不响地穿过房间，张开双臂从后面抱住我，把脸埋在我的发间啜泣。透过镜子，我看到她抚摸着我的头发，手指缠绕其间，一缕一缕地拉扯着。我的头发似乎比之前看起来更像金色，也更卷了。

我闭上眼睛。我正穿过清澈、温暖的海浪，喉咙和鼻腔在海水中微微刺痛。我已经落在她后面越来越远。之后，我感觉到一个庞然大物突然出现在我下方，它游过我的双腿附近，那皮肤触感如砂纸一般，表面布满深黑色的条纹。我的肩膀痛得仿佛某颗行星爆炸，便睁开了眼睛，视线很模糊，就像经历了一次新生。有一瞬间，我还闻到了儿时那辆旧房车里散发的羊毛烧焦的味道。

“噢，鲁伊，”母亲说道，“没有她，我们该怎么办？”

我抱了抱她，看着镜中的我们，她的胳膊环绕住那件灰色T恤。

“没事的，”我低声道，“我哪儿都不去，我就在这里。”

探险家

探险家

有美子边拧着门把手，边想着该用哪个英文单词：破碎、破产、坏掉了[12]。

“厕所破产了（broke）。”她试探性地说道。她等着答复，想象着他在不耐烦时会用纠错式的语气纠正她的英语——是“坏掉了”（brokEN）。

他把脑袋探进那个小房间。“为什么我一点都不意外，哪儿坏了？”

“冲洗阀，它不出水了。”她拧着门把手。水管里的水似乎在叹息着。这是个老式蹲厕，一个绿色的蹲盆嵌入地面。卢管它叫“那个槽”。

他捋着自己的胡子。他很久前就已经不再刮胡子，没几天就长得如膨胀的云朵一般。在他们刚结婚搬来这里住的时候，他每天都会刮得干干净净。那时他还在给小孩子上课，

---

[12] 原文分别是 break、broke、broken，是 break 的三种不同变形，分别代表不同的含义。

有些孩子觉得他的胡子很吓人。有美子却不是很在意，但卢说："如果我还在教孩子，我就必须把胡子刮掉。"

她站了起来，挽住他的胳膊，他这次没有纠正她的英语语法错误。"我给三浦先生打个电话。"她说。

厨房里，她翻着木板上钉着的那摞纸，大部分是外卖单。挂在一家日式担担面馆的宣传页后面的是一本很传统的两年期日历——她母亲送给她的乔迁之礼，看着更像是一本老皇历，真的，上面满是有美子也看不懂的符号。有几个日期跳了出来，印成了紫红色，还被母亲用很粗的红色记号笔圈了出来。都是吉利的日子，意味着事情会有好的进展：婚礼、面试、搬迁，甚至据她妈妈所说还有受孕。日历自二月中以后就再没被翻动过。

她最终找到了房东的电话号码，记在 CoCo 咖喱屋的菜单上。三浦先生听起来并没有被她的抱怨叨扰到。屋子老旧，田井的其他房子都是如此，他们家的厕所不是第一个坏的。"谢谢你。"她说，挂断电话时轻轻鞠了一躬。卢模仿着她字正腔圆的敬语，隔着房间也对着她鞠了个躬。她笑了，因他恰到好处的幽默。但她却笑着沉默不言，她最近注意到，那大大的笑容在皮肤上拉扯出的弧度，几乎让她的眼睛消失不见。她最引人注目的便是那双眼睛，暗茶色的眼睛，对于一个日本人来说，那颜色异常醒目的淡。他们第一次见面时，卢就曾问她真的能透过它们看到什么吗？

“明天会有维修工上门修一下，”她说，“可能要修几天。”

“希望不要拖太久，我不可能天天朝窗外撒尿吧。”

“就算你这么做，小林夫人可能也不会发现。”有美子说道。不论天气如何，那个住在他们楼下的老女人从来不会不打伞就踏进自己的花园。

但卢没有笑。她看到他注意到了那本露在外面的日历，上面红色的圆圈仿佛一双充满恳求的眼睛。她在脑海中想象它可能会发出的声音，一声低吟：难道你就不想知道这个月的吉利日是哪几天吗？有美子望出窗外，太阳躲在屋顶天线密布的网后面。她不适合翻这些日历页，指尖翻过去的这些月份仿佛被丢弃的过期变质的食物。她甚至不想去看这个八月——分外刺眼——上面标出他们的两周年结婚纪念日，他们那天都加班到很晚。从第二天开始就是长达一周的盂兰盆节[13]假期，死去的亲人会在节日当天回到他们曾经居住过的地方。

那周他们都放假，她在陶艺工作坊工作，他教英语课。有美子不知道要怎么度过这空闲的一周，卢则很不情愿去拜访她的父母。“他们能说的，”他说道，“就是我们什么时候要孩子，好让他们当上祖父母，好像挥一挥魔杖孩子就能降生一样。我们还是专注在我们俩身上——我们的家——今年。”

她盯着窗外密密麻麻的电线，天空被分割成一块一块。很快就会有个孩子的，她已经经过了深思熟虑，他们只需要等待一个合适的时机。卢的检查结果也显示没有问题。

卢吹了一个低沉的四音符调子的口哨。

---

⑬ 盂兰盆节，即农历七月十五日（有些地方是农历七月十四日），也被称为“中元节”“鬼节”“七月半”或“麻谷节”，是祭祀祖先、祭拜孤魂野鬼的日子。

“什么?”她问道。

“没什么。”他心不在焉地回答，把散乱的菜单归拢到一起，放到日历的上面，他前臂的青筋因用力而暴出，仿佛一颗钉子一般钉住了桌上那团杂乱。

“我要去上课了。”他说道。

“晚餐吃煎饺怎么样?”这是个玩笑。煎饺是她唯一会做的食物，只有在半夜饥肠辘辘又没法点外卖的时候才做。

他心不在焉地笑了。“你觉得自己有一天会去学做饭吗?”

她很久没听到他提及此事。他知道她讨厌做饭、逛菜场，他也是。他们对吃外卖没什么不满。“我不知道。”她回答道，“我们不能永远吃外卖，那不健康，而且你现在只是兼职……你知道的，吉田夫人星期天在国际中心有一堂教日式传统菜的课。”

“我——我会考虑的。”太尴尬了。她会是课堂上唯一一个日本学生！

他往前探了探身子，吻了一下她的脸颊。“回头见。爱你。”

“向那些‘啤酒女士’问好。”卢每周的最后一节课在周六晚上，教一群上了年纪的家庭妇女。但这课不过是个幌子：远离家庭，外出社交，她们刚退休的丈夫无时无刻不在身边。

“哦，对了，”他在楼梯边叫道，“是‘坏掉了’（broken）。如果用‘破产’（broke）的话，它的意思是完全没钱了。一文不值。”他的脚步声渐远。她打开冰箱，出了会儿神，不记得自己要拿什么了。

⁂

她的第一段婚姻并不成功。他们一出校门就结了婚，但他找不到工作。之后她怀孕了，他还是找不到工作，所以他们决定打掉这个孩子。这没什么大不了，经常有人堕胎，当地的诊所当天就可以接受预约。之后，你需要去拜访一座神殿，买一尊地藏——一尊小小的水泥雕塑，代表这个没有机会来到人间的孩子的灵魂。那尊地藏就放在神殿里，就像商店里的玩偶一般摆成一排。住持每天早上都会为它们念经祈福。

不到一年后的一天，他从废物处理站的临时工作下班回到家,往桌上丢下一封从旅行社拿回来的信封。他准备回冲绳，他的家人在那里。她内心五味杂陈，夹杂其中的还有一股如释重负之感，仿佛某个重大的灾难被解除了。

※

那晚，有美子工作到凌晨三点，无法入睡。她走到厨房，先是开始切菜：卷心菜、韭菜、洋葱、大蒜、生姜。她腌了卷心菜,放在一边。发面团需要时间,她往里一滴滴加水，以至于面团过湿，水从里面溢了出来。母亲曾告诉她，面团摸起来的手感要像耳垂一样。她用手指、手掌和手背揉、捏、拍、打。

有时，她把面团想象成自己正在创作的一只耳朵，某个未完成的雕塑的一部分。她挤出腌卷心菜里的水分，把面团一个个揉开，将蔬菜和少量猪肉放上去，动作仿佛外科医生般一丝不苟。然后，她把面皮折起来，沿着边缘捏出褶子，把捏好的月牙形饺子放到加了芝麻油的平底锅上。饺子沾到油时发出滋滋啦啦的响声，常常会吵醒卢，但今晚他依然安睡。她前一晚就在厨房忙活，再之前那晚也是，连着三晚在厨房做煎饺，她是第一次。

可能是季节的缘故，去年的盂兰盆节各种聚会持续了一周，他们和朋友喝酒、唱歌、在公园里野炊。最后一天，他们同她的家人在一座神殿参加了一个简短的仪式，焚香祭奠她死去的祖父母，因为临时起意，还为有美子未出生的孩子的灵魂祈祷了一番。之后，她和卢同朋友见面，在一家夜店跳舞直到第二天太阳升起。

这一年来，他们的朋友有些四处旅行，有些有了孩子，她父母也搬回妈妈在长野的家乡。卢那晚下班回到家，他们再次争论起该如何度过接下来的假期。如果不去看她父母，她想做几件这些年一直在做的事：加入沿河游行的群众、去寺庙祭拜，毕竟这是日本的传统节日。而且，她每年都去国际中心参加西方的感恩节晚宴，假装自己喜欢焗四季豆，不是吗？

但卢另有想法。“为什么我们不去野营或做点别的什么，享受一下平和与安静，跳过那些死气沉沉的庆祝仪式？我们今年不需要老想着死啊，或至少，我不需要。去年在神殿举行的那场仪式你似乎沉浸其中。”

“卢，从来就没有出生。”

“什么？”

“不是死，而是从来就没有生。”

他无言以对。

“只是要等到对的时机。你知道，这是我们的信仰。”

“我就是不明白为什么每年你都把我扯进那个仪式，是别的人让你怀孕。这让人很……为难。”

"一两年并不长，"她说道，"我们应该更有耐心，这并不是一件容易的事。"

"你给他生孩子倒是挺容易的。"

她走了出去，在街上走了一个小时，还是很生气。她明白他的意思，这正是让她最受伤的地方。医生都对他们束手无策。她比任何时候都想成为一个母亲，为他孕育一个孩子，不管医生怎么说，她依然困惑于是不是那次堕胎影响了她的受孕。

她回来后，看到他的眼睛红了。他发自内心地道歉，她妥协了，告诉他下周假期他们可以待在家里。之后他们上床睡觉，以为事情已经得到解决。一条空隙分开了他们的床垫，入睡前谁也没有把床垫并到一起。

第二天早上，猛烈的撞击声吵醒了有美子。是门，她迷迷糊糊地意识到。她看了眼时钟——早上八点，起来披

上睡衣。

“早上好。”一个胖乎乎的男人站在走廊，喘吁着。他往里看了看，似乎在等着这个房子的男主人出现。并没有人出现，男人耸了耸肩：“我是修厕所的。”说着便跨过了堆在门口的那堆鞋子。

有美子往后退了退，揉了揉眼睛。“呃——”

“新马桶很快就到，”他说道，“大概就几天。”

“新马桶？我不确定我们……”他依然穿着靴子，站在她的厨房里，四处打量着。

“煎饺，看起来很美味！”他看向电炉。“你介意吗？”他问道，手离盘子只有几厘米。

“噢！不会，不会，请——享用。”

卧室里，卢半睡半醒。“我们今天出去吧。”她说道。

✧

他们去了海滩。天气已是让人不舒服的炎热，卢的头发在湿热的空气中蓬松起来。他们到得很早,能占到一个好位置，但是卢一如既往地把她带到靠近防波堤的岩石角落。他就是这种人，即使有最优选择，也会选没人要的那个，这样就不用跟别人分享了。他会尽一切可能地避开人群。以前他们刚认识时，她曾问他为什么要在这个人口众多的外国定居。“为了躲避家人。”他开玩笑道,后来她再次逼问他时，他才终于回答说，自己喜欢这种挑战。当她在海浪中浮上浮下，细细地观察角落中的他时，她才反应过来她的丈夫似乎也很享受没有挑战的生活。

他们是在她的入门制陶课上认识的。他 31 岁，她 27。他是她表现最差的学生，并不是他没听课，恰恰相反，他记得她说的每一个字。但他做的第一件作品——一个手提罐，在瓷窑里碎成了碎片，这种事几年都没发生过一次。第二件作品是一个板坯罐，也没成型。尽管他用了她教的数量正确的稀泥浆，外壁还是无法固定。

一天晚上，他下课后还待在教室，所以她有机会帮他修复那个板坯罐。“我还没见过哪个人这么不擅长陶艺，”她揶揄他，“大部分人在这件事上多少都有些本能，毕竟人类已经在这件事上花费了数千年时间。”她试图向他展示如何卷成一个薄薄的圈，轻轻按压并以正确的角度接到一起。他用结结巴巴的日语边笑边说：“我更擅长吃，你想一起吃晚饭吗？”

他们聊了整个通宵。她的英文比他的日语好，现在也是，多亏了她大学那会儿去芝加哥待了两年，学雕塑。在最终发现两人其实都不住在东京，而是在东边一小时车程的地方且仅相距四站地铁时，他们的相遇堪称命中注定。一年后，他们结婚了，搬到了离海边更近的地方，房子也很破旧。他们想让自己的孩子闻着海水的味道长大。

海滩上的人越来越多，他们开车回了家。回来的路上，有美子发现自己希望那个水管工还在家里敲敲打打地修厕所。

✧

他们到家后，厨房的地板上摆满了各种工具，很难不踢到什么东西就走到冰箱那里。浴室门口就是一摊水，他们沉默地站在原地，一串水珠吧嗒一声落入那摊水洼！

“这是在开玩笑吧。”卢说道，他踢了一脚进门处的烟灰缸，走向浴室门口。

对卢来说，唯一比烟鬼更让他厌烦的便是那些“暴走族”——一群青少年“噪音帮”，他们拿掉了摩托车上自带的消音器，在街道上冲上冲下地飙车，完全破坏了入夜后的宁静。上个月，又有一群青少年聚集在附近的停车场，卢从床上跳起来，抱着一盒鸡蛋爬上了屋顶。一阵喧闹和叫喊之后，引擎的轰鸣声低了下来。她在黑暗中微笑，想着一个日本男人绝对不会做这样的事。

“他把整个厕所的便池都拆下来了！”他叫道。

“是的，”有美子缓缓说道，“他之前提到要换个新的。”

“你早知道这事?”

她耸了耸肩说:“今天早上刚知道，所以会费点时间，但是换一个正常的，你知道……换个‘国王的宝座’不是挺好的吗?”

“宝座？如果不把我家拆了就更好了。”

“三浦先生会认为他是在做好事。”

“我并不需要一个特别的马桶，因为我是‘洋人’[14]。”

“对我也挺好的，现在大部分地方都不用……”

“他会希望我感激不尽,”卢继续道，深深地鞠了一躬，双臂垂在两侧,“是的。承蒙您的恩惠，我的厨房也不能用了，我的公寓几乎泡在水里，到处都散发着恶臭。”

---

[14] 原文为 gaijin，日本人口中的“老外”。

"我们可以去我父母家，他们——怎么了?"他盯着那把通到屋顶的金属梯子，突然露出一种恍然大悟的表情。他以极为缓慢的速度说道:"不，我们肯定待在这儿。"

"你有主意了。"

"我们搬到屋顶去。"他揉搓着双手，"就是这样。完美！我们把床垫拿上去，还有一些书、你工作用的东西，任何我们需要的东西都可以。八月份从来不会下雨，睡在外面也不会冷。完美的假期。"

"你在开玩笑。"她说,但他已经走进去,打开放床垫的拉门。她满脸疑惑地看着那把梯子，走进了房间。她能看到那本日历,其中一个角下垫着那摞外卖菜单。卢很明显开心极了，双臂环抱着枕头吃力地走向她。她想着他们的生活和日常所用的物品都可携带般轻便，甚至那张婚床也能轻易地隐匿在门后，悄无声息就如鬼魂一般。

✧

她醒来，盯着星星点点的天空出神。卢远远地躺在她对面，身体弯曲在枕头旁。第一次，他没有打鼾。

空气中充满静谧，重重地压在她的脸上，却是沁人地凉爽，就像一块洗脸毛巾。她没有动，只是浅浅地呼吸着，想象着自己此刻正飘浮在一个随时会破灭的泡泡中。

继而，有一个声音响起："很美，不是吗?"

"很美，不是吗?"

他也醒了。她花了会儿工夫才认出那是卢的声音——好像这上面会有别人似的。但他很少同她说日语，另一种可能性进入了她的脑海：可能是她的前夫。

"嗯。"她回应道。

过了一会儿，他翻过身来问："我们今天做什么？去海滩？

或者去逛艺术博物馆?”

她盯着云看。他将过去抛诸脑后的方式让她觉得不可思议，就好像什么都没发生过，或存在过一样。

“或者……对了，‘屋顶裸体聚居地’用日语怎么说?”

她坐了起来，手指拨弄着缠卷在一起的凌乱的长发。至少，他心情很好。“再去一次海滩也不错，我们可以在那里洗澡，我的头发都有味了。”

“我做了个梦，”他说着，伸手用手指卷起一缕她的长发，“你可以扎个辫子，你之前这么做过吗?”

“大概高中的时候。”

他坐了起来，开始把她的头发分成几部分。“我有没有告诉过你，你没给自己的头发染色我有多开心?”

“你说过很多次了。”

“我不知道自己在做什么，”他说，“是不是就像这样绕成圈？”他把两缕头发绕在一起。

“这儿，”她把凌乱的头发捋顺，“分成三个部分。一，二，三。”她的手指灵巧地移动着，口中念念有词。“男孩追逐女孩，抓住她压在身下，第三个人出现了，就像这样，自此——”她停了下来。这是她小学时背过的童谣，最后一句她没有说出来：“一个快乐的家庭交织在一起。”

“好了！”她说道，把编好的辫子伸向他，他握在手中。

“女孩子竟然能这样梳自己的头发，太不可思议了，”他说道，“就像一种本能。”他握住她的手，“这里是我们的小世界，你喜欢吗？”

她确实很喜欢。“我们就像坐在一张会飞的魔毯上，或是去向某个新领地的探险家。”

“我的探险家女士。”他说着，拉着她一起躺了下来。天空闪闪发亮，映衬着不远处山顶树林的轮廓，仿佛刻意保持一定距离的彬彬有礼的哨兵。

※

海边不像往日那般拥挤，很多人已经离开小镇外出度假，卢因此处在一种无忧无虑的快乐情绪中。即使在回家的路上要忍受着腹中的饥饿和烈日的烘烤，即使房间里满地的工具都没有影响他的好心情。

他们很快就选定了一家拉面馆，它家的猪骨汤远近闻名。他们找了个后面的位置坐下，卢跟她讲着那些“啤酒女士”的故事。贵美子，一位已经60岁的老太太，自大学时代起每年都会去爬一次富士山。她说自己之前病了两周，卧床不起，她的丈夫不得不第一次下厨。“这家伙不知道烤面包机放在哪儿，”卢告诉她，“所以他就直接在煤气炉的灶头上烤面包！”

“就算是我至少也会烤面包。”有美子说道。

“我在想也许我应该学着做点饭，我们可以一起去上个课。”

她享受这种日常生活中偶尔的小激情。这也是在她的陶艺课上认识的卢，永远准备着尝试新事物。“为什么不呢?”她回答。

用完餐后，他们沿河岸走着。周五，人们本该聚在这里跳舞、喝酒，曾经这里总是一片灯火闪耀，岸边的小亭子里也挤满了人，从卖炸鱿鱼串到宠物蟋蟀，应有尽有。但此刻，只有他俩孤单地走着。就连河水似乎也静止不动，他们能听到的唯一声响就是单节观光车来来回回发出的啪嗒啪嗒声。尽管此时来海边观光为时已晚，但观光车依然跑着，车厢内除了空气一无所有。

在一片静谧中，她感到自己正在膨胀，开始占据宇宙中更多的空间，她想着这是否意味着成为一个大人的感觉。接下来的几天，他们都是这般度过：早上待在海滩，酷热的下午就消磨在那家名字怪异的“有时咖啡馆”。发现这家咖啡馆纯属幸运，难得它在假期开业，里面有很多桌游，有美子记得自己在芝加哥读书的日子里经常玩《连接四》《地产大亨》《这就是人生!》。一条长长的开业横幅挂在门口。他们几乎是店里唯一的客人，所以得到了店主最多的注视，那大惊小怪的表情好像他们是什么新物种。

入夜后，他们在屋顶野餐。有美子拿上来一些陶土，这里成了一个临时的工作室。她借着月光把一些小物品塑成型——杯子、茶碟、花瓶，留待第二天放在大太阳下烘烤。

周五晚上她吐了。当时，她正要往做饺子的面团里加水，甚至没来得及走到水池边。当她从水池边退回来时，兴奋充满了她的胸腔，身体也止不住地颤抖。她不会无缘无故地呕吐，除了有一晚醉得很厉害，上一次呕吐还是怀孕的时候。

她用香皂洗了洗脸，冲洗了水池。她深呼吸了一下，想着该怎么办。附近有家便利店，她可以去买个验孕棒，但是卢随时都会回来，肯定会诧异这块做了一半的面团。他一定会问她去哪儿了，她不想给他虚假的希望，万一这只是个假信号。她已经够让他失望的了。

她继续和着面，听到他走上楼梯。不一会儿，他打开门，细微的声音传进来。“有美，出来五分钟，我有个小惊喜给你。”

“来了。”她回道，上一次他这么说还是在他求婚的时候。她从浴室里拿出化妆包，里面塞满了零零碎碎的工具和管状物。新厕所安装了可以加热的坐垫和带按钮的自动冲洗装置，她坐在上面，等待着。

回到厨房，她涂了腮红，从烤面包机的金属亮面上看了眼自己的倒影，然后用梳子梳了梳头发，喝了点水。他们都想要一个女儿。她匆忙走到楼梯，把面团留在那儿。

她娴熟地避开讨论今晚的计划。周五是盂兰盆节假期的最后一天，那些魂灵将在这一天回到他们曾居住过的地方，河面上挤满了灯笼。还是小孩子的她曾目睹过灯笼着火的场面，灯笼的纸很薄，整个灯笼仿佛瞬间就消失了。她父亲说那不是个好兆头，但暗暗地，她却觉得那画面赏心悦目，反衬着周围的千篇一律。

她爬梯子的时候比之前更小心了。她希望他的惊喜不是到河边去转一圈，他们总会去岸边的亭子里买些食物作为晚餐，喝点啤酒——不，她不能喝啤酒——然后看烟花。但在爬上去以后，她倒吸了一口气。卢在周围摆满了蜡烛，还有几盘食物和两瓶红酒。他的头和脸剃得干干净净。

她深呼吸了一口气，盯着他后面的蜡烛出神。烛光看起来很冷硬，空气凝滞，她想象着这世界上再也没有了风，仿佛是吹尽了最后一阵狂风后便放弃了。

“烟花很快就开始了，”他说道，把她牵过来，“我们拥有整个镇子最棒的观光点。”

“你的头发……”她说道。

“太多了，所以我就用剃须刀都剃掉了。”他摩挲着闪闪发亮的脑袋，咧嘴笑了起来，“你觉得怎么样?”

“很……干净。”

他做了个鬼脸。“我觉得我们可以去河边，看河上的灯笼。”

“但是待在这上面也很美好。”她看着他所准备的一切，内心升起无限的温柔，但当她想起河时，她还是提出了自己的想法，“我们可不可以做一件我想做的事？不见我的父母难道还不足够吗？”

“靠，有美。”他捡起一个又白又软的糯米团，从屋顶上猛地扔了下去。接着，他扔了一个又一个，细小的扑通声从下面传上来：其中一个一定是掉进了小林夫人家的锦鲤池。

“呃，什么东西？”

有美子冲到卢的前面，停在屋顶边缘靠后一点的地方。她的胃里恶心地翻搅着，她艰难地咽了咽口水。“是我们，夫人。这是个误会，真是对不住。”卢是不是疯了？

有美子看到那个老妇人，手中握着伞，弯下身子从地上捡起一个糯米团。“我的鱼不能吃这些东西！”

惊恐中又带着些微刺激的有美子转头看向卢。他咬着自己的嘴唇，使劲憋着笑。卢捡起一整盘糯米团，做出要把它们全都丢下去的动作。突然，有美子也憋不住笑了起来。“我们不小心掉了一两个下去，很抱歉，”她大声喊着，用最正规的敬语，“我们……在玩杂耍。请接受我的歉意。”

“你要赔偿这些鱼！我会告诉三浦先生，你们现在住在屋顶。”

有美子走过去，坐到卢的旁边。小林夫人还在她的花园里咆哮着。“她的雨伞终于派上用场了。”有美子说道，他们都笑了起来。他用胳膊环住她，从外卖盒里拿出一份寿司吃了下去。

有美子看着自己的丈夫，他的脑袋在烛光中闪闪发光。她从没有意识到人的头骨是如此不同寻常，所有的不完美都能被头发隐藏。他看起来很脆弱。

她很确定自己怀孕了，但如果孩子有什么问题怎么办？或者患上什么并发症？她需要他告诉自己，他爱她，不论发生什么。西边的方向，一簇小小的白色烟火升入空中。“我有一个很严肃的问题。”她说道。

他把一只手放在她的肩膀上，指了指这个他们临时搭建的卧室，从他们所坐的地方到那一排小陶罐和花瓶。“不论发生什么，我们都能解决。永远。那些问题根本就不是问题。”随后，他站了起来，伸出手说，“来吧。我们去河边。”

30岁那天，我长出了一条尾巴

I.

今天是她30岁生日。她独自一人醒来。

她的右手四处摸索着，触到一束柔软的毛发，昨晚洗澡时还什么都没有。

她拖着脚走到全身镜前，伸了伸脖子。那条尾巴长七八厘米，时而闪现的银光中带着一抹淡紫色，其中一头细细软软的，另一头则粗得像一根绳索，就像从她脊椎底部那颗深色的痣中发出的枝芽——她母亲曾叫她“绣球花小鼹鼠”。母亲很喜欢绣球花，但她总觉得那花的样子有点难以接受，她更喜欢郁金香。

她把手放在那条尾巴下摩挲着，拇指浅浅地搭在上面，如此柔软，就像婴儿花蕊般的粉红脸颊。手机震动了一下，是母亲用自带鼻音的声音在答录机上留言，要她保持积极的心态，现如今的女人就算过了三十依然嫁得出去。

花走进浴室。现在叫医生还太早，尽管那尾巴给人感觉很奇怪，但并不是很痛，而且她也不确定进一次急救室要花多少钱和时间。水流顺着她的背部冲下来，打湿了那束毛发。湿了的尾巴变成细细的一束，呈深灰色，底部的毛发略微翘着，萎萎地，沿着她臀部的曲线垂下来。她犹豫了一下，然后在手掌上抹了一点洗发水，双手放到背后，搓起了一些泡沫，冲洗干净。接着，为什么不呢——护发素。她抹上护发素，等了三分钟后才用冷水冲掉。冷水让毛发更紧贴了，也更顺滑。也许一会儿，她可以给它编个辫子，再用丝带扎起来。她会尽自己所能地照顾它。

II.

年幼的花刚出完水痘。为了庆祝大病初愈，溺爱她的父母带她去了上野动物园看小熊猫，他们当地的动物园没有这个。

花不喜欢上野动物园。它很大，很挤，动物们看起来很低落。她很好奇那只捶打玻璃的大猩猩的愤怒情绪会不会传染，就像她的病。传染，她知道，意味着给别人不好的东西，尽管别人并不想要。她就是这么染上水痘的，现在治好了。她紧紧抓住妈妈，呜咽起来，担心太靠近旁边那位丑陋、满脸皱纹的老奶奶会让自己也变得又老又丑。

他们离开了动物园。父亲迅速拦下一辆出租车。他们站在街边等车的时候，一只老鼠从垃圾箱里爬了出来，从花的红色运动鞋边窜过。回去的路上，这孩子一脸悲伤欲绝，父亲不得不让出租车司机一路将他们载回家。

第二天，正如花所想象的：一条粉粉的、细细的、毛发稀疏的尾巴从她有弹性的内裤下伸出来。她磨了磨牙齿，准备把它传染给别人。

III.

花已经在浅草车站这家美仕唐甜甜圈店工作了三年。

店里没什么生意时，她会计算一个人在一上一下两步之内能到达的目的地的数量。三十五个站台，每一个都能到达两或三条路线，每一条线上有十到二十个站，不同年、月、周、日都不同。但花只去 23 号站台，那条棕色的路线每天搭载她上下，往返于她和父母同住的公寓与甜甜圈店之间。

早上，井然有序的人群中每一张面孔都充满警惕，但到了晚上就变成一副副垂垂老已的神情，仿佛人群会随着日光的变幻老去。而到了第二天，同样紧绷的面孔又回来了，再一次充满能量，只不过是和昨日略有不同的版本。她也会有这般变化吗？她自己感觉不到。有时，她会有一种感觉，时间仅仅在她这里冻结了，一种相对的失灵，仿佛她在从一个距离很遥远的地方观察着自己。

她摆上了一盘店里的招牌甜甜圈，一块简单的面包圈上带有一个烤上去的把手，方便浸到咖啡里。它们也有尾巴，她想到。

一位西装革履的男士点了四个甜甜圈，把钱放在一个厚厚的信封里，递给柜台后的她。她找了零。当她再抬头看时，他已经走了。他不仅留下了钱，还有信封。她捡起信封，一沓照片撒了出来——是她。

她认真地看着，照片尖尖的角刺痛了她的手掌。每一张照片上，她都站在这个柜台后面，穿着这件红色的围裙，头发就像现在这样盘在耳后。

她突然抽搐了一下，用手拍打着后腰，似乎有什么东西从她的腰带上钻了进去——大概是一只跳蚤吧。

许愿者

许愿者

走过喷水池，奈央越来越感觉到自己仿佛是这座城市的神父。他将自己想象为一位牧师般的人物：忏悔的倾听者、欲望的见证者。买鱼的过程中，他假装自己并不知道下鸟夫人的丈夫有外遇，或者那个小山口佐伯渴望成为一个女孩。只有一位许愿者逃避自己的身份：一个女人，她的声音听来就像打水漂时跳跃的石子的声响。

当地人都叫它“老城堡公园”，但作为看护者，他更喜欢那个正式的称呼：战栗星系公共领地与花园。蔷薇花丛的枝蔓如手臂一般从位于公园中央的喷水池盘旋伸出，是战后一位颇具理想主义的规划者的杰作。奈央将每一个花骨朵想象成一颗星星。

他在几年前就已经正式退休，却发现自己没有了这份日常工作反而有些失魂落魄，所以刚退休一周，他就回来了，每天固定的工作流程已经让他在这么多年中养成了习惯——照料花卉、清扫路旁的树叶、擦洗喷水池、清理水池底部的硬币。

这座城市不能再次雇用他——一种官僚作风，他太老了，但如果他真的想工作，他们可以让他收游客丢在许愿池里的零钱作为报酬。

他不需要钱。他独自居住，领一份微薄的养老金，生活简单，住在一座很久以前建的小木屋中，房间里仅有一处电源插座：上面的插孔插着他那台不大不小的电冰箱，下面的插孔还空着。一只小小的红蜘蛛有时会出现在那儿，奈央认为它会带来好运。他还有一台小电视，每周固定播放的电视剧倒是对得起支付的日本 NHK 电视台的订阅费，不过他看电视也不用下面那个空着的插孔，而是拔掉上面电冰箱的插头。那是专门留给那只红蜘蛛的。他信奉生命会提供某种解答，只要人们足够认真去倾听。年轻时在东京，他是一位“谈话医生”的助理。慢慢地，他也成为一名有技巧的倾听者——因为工作能力出众，那位医生去世后，他的病人便改为找他谈话。但奈央支付不起位于青山区办公室的租金，生意就停掉了，他离开那里去了一个更加安静的地方。

每个周四下午，奈央都会带一双黄色的高筒防水橡胶靴和

一把扫帚来到喷水池。脚蹬进靴子后，他走进水池，感受着小腿上来自被橡胶靴阻隔的冷水的水压。他把扫帚伸到水里，无数个小水泡仿佛受到惊吓一般浮出水面。他不停地清扫着，扫帚的把手有些开裂，但他并没有戴手套。他的手掌上布满老茧，把手上横生的细小木刺根本无法刺入他粗厚的皮肤，反而像豪猪身上的刺，对他来说有种按摩的效果。

他从一开始就能听到这些声音。有些是命令：“让她爱我。”“给我涨工资。”或者是问题：“我能买辆新车吗？”有时，硬币紧紧地抓住他的手掌恳求，那些话语让他心烦意乱，常常以“亲爱的上帝”或“求你了，求你……”开头。

这些许愿会因季节的变化而变化。秋天，入学考试之前，会迎来一大批慌乱的父母和学生。春天则关于爱情，冬天是家庭，夏天是旅行。最黑暗的时节是盂兰盆节，那些许愿听起来就像是忏悔，奈央知道这些到访的魂灵会趁此机会投掷硬币。亡灵的许愿大多充满了悔恨。

奈央最爱听的来自那些铝制的一元硬币，轻薄的材质沉入水底的过程仿佛充满魔力。这些声音几乎全都关于孩子——渴望一个新生命，这类许愿最能打动他的心，也最让他满足。他早已忘记了那种强烈地渴望着什么的滋味，最大的欲望也不过是一块又大又甜的口香糖。他走进一家专卖小饰品的百元商店：玩具车、橡皮图章、一次性照相机……都是些他会买来放在壁架上的东西，就像赠品。

尽管他无法辨认她的声音来自何处，但她的许愿每年夏天都会出现：一张厚重的五百元大钞，就在盂兰盆节前一周，据说亡灵会在此时渡过生死河。许愿总是千篇一律，在他听来就像咒语：再一次就好。他想着是不是逝去的鬼魂在请求一次机会，但他无能为力。

他总会将这些许愿带去家附近的寺庙。他周末会来这里冥想，并照顾寺院的猫咪。他也会带着那些格外黑暗的许愿，那些充满痛苦的声音，尽管不多。这些声音通常自己能找到寺庙。

他已经带回家数百枚硬币，逐个研究、存档，就像一个业余的宝石学家在给宝石做鉴定。没人会在许愿时撒谎，也许这正是一条通往真理之路？在他家的一面墙上，挂着六个曾用来装消毒剂的罐子，被他擦洗得很干净。每个罐子上贴着一张标签：爱、成就、健康、权力、金钱、物质。他曾把两个罐子里的内容结合起来，得出一些哲学式结论：想要得到某些物质的愿望难道不就是想要钱去买？想要更多金钱的愿望不也关乎权力？最终他发现，所有的愿望都不过是第一类愿望的细分。

奈央对自己的人生感到很满足：他的工作、他那台电视机以及在寺庙度过的周末。尽管很少同人交谈，但整个镇子上的人都知道他，这对他来说就足够了，偶尔也有人跟他打招呼，他所得到的关注并不多于路边的街灯。

他早已打定主意就这样度过自己剩下的日子，但有人传言，老公园将被拆掉。大家更想要一个建在山上的新公园，这块地已经被卖掉了。在长达一周的盂兰盆节假期之后，这块地就会被清空，准备建一个弹球娱乐室。

※

周五，假期的最后一个晚上，奈央穿着一件橘绿相间的和服便衣走入游行的人群中。五颜六色的纸灯笼里，灯火映衬在护城河的河面上。一轮晚升的柿月摇曳在空中，拖慢了整个夜。

奈央朝人群中的一个熟人打了个招呼。他注意到一个小男孩，头发湿漉漉的，穿着一件脏兮兮的和服跑了过去，手腕上的黄色塑料圈绑着一个一次性照相机。男孩突然停下来拿起相机拍一个消火栓，奈央笑了笑，他知道那个照相机，看到有人用他的“礼物”让他满心喜悦。

他继续走着，到了公园，周围的景物似乎已成为他自身的延伸。他变成了泥土，变成了那里生命力旺盛的杂草。他先喝完了罐装啤酒，然后是用纸杯装的清酒，吃着章鱼烧，品尝着舌头上冷热交替的面糊与大蒜味奶油酱的味道。闷热的空气里偶尔窜入海水清冷的气息，他感受着身体里每一个细胞的颤动。

一声尖锐的声响将他的注意力吸引了过去，是那个头发湿漉漉的男孩。那孩子很明显也在看他，如此这般被一个孩子近距离地观察实在是一种荣幸。

奈央靠近后看出，这孩子有明显的残疾。他的耳朵像杯柄一般突出来，两只眼睛分得很开，仿佛一只猫，满是腥味的淤泥和鱼儿粘在他的皮肤上。他双手抓着照相机。

奈央转身离开，穿过拥挤的人群，听着他们喋喋不休的话语。他很少喝这么多酒。

他能认出许愿者的声音，但却没有去看他们的脸。一旦看到他们的眼睛，他便无法抹掉。他抬头向上看，强迫自己思考头顶的黑夜。星星可能远在数千万公里之外，而一只萤火虫正在手臂可及的范围内盘旋。又或者，一颗小行星，从遥远的星系靠近地球，几乎不为任何人所注意，分钟之间，整个地球及其上的一切都将尘归尘、土归土。

垂下目光，他发现自己正直直地盯着那男孩的照相机。男孩猛地拉下胳膊，把挂在那儿的照相机藏了起来。

拆除公园的那天，奈央坐在寺庙里冥想。他离得太远，无法听到机器施工的声响，但随着时间过去，他意识到一阵微弱的哀嚎从某处传来——时空里，又或者是他的头脑中——声音越来越响，他知道那是喷水池死亡的哭泣声，那建筑本身也是有灵魂的，独立于它所接收到的那些硬币里的灵魂而存在。奈央坐在寺庙里冥想了整整两天，山上的碎石被清除，管道在地下的泥土中裂开，一只橘色的猫蜷缩在他的大腿上睡着了。

当一切结束后，他站了起来，缓慢地伸展着四肢。他感觉自己似乎刚从一场深睡中醒来，仿佛这一刻之前的生命只是一场梦。没有了喷水池需要维护，没有了硬币需要指引，他自由了。这一想法夹杂着焦虑，填充着他空空如也的肚子。

一位身着绿裙的女士如泥泞路上翻滚的麻袋，正走在那条路上，仿佛每一步都是最后一步，这画面让他觉得如此熟悉。她那张月光般平淡、朴素的脸显露出某种距离感，头发散乱地垂到下巴，她应该需要一次昂贵的发型设计。

“真是一座可爱的寺庙。”她说道，声音在他的脑中回响。她的硬币当啷一声掉进募捐箱，手掌贴在一起，紧紧闭上眼睛，嘴唇翕动着祷告。完成这一套动作后，她双手击掌三次，用力拉了一下悬在箱子上的绳子，寺庙的钟声响起。奈央说了句:“这么多年了，我还从未见你扔进去过一枚硬币。”

她拨弄开眼前的头发，靠近后看着他。“我来得总不是时候，”她说道，“我睡眠很少。”

奈央抚摸着大腿上的猫咪，感受着它在他指间的呼噜声。“你得到想要的东西了吗？得到‘再一次’了吗?”

她小小的嘴巴突然张开。“你怎么知道‘再一次’？”她双手捂着自己的脸，奈央觉得她就像个纸娃娃。

她说："我曾有一个儿子。"

奈央点点头。

"他身体不太好。他本应该去一所特殊学校里上学的，但我太固执了。他从教室里逃课。附近有条河。"

"有些灵魂会过早地离开。"

他眼神深邃地看向她，她的头发，还有她那条不合身的连衣裙。那不是真正的绿色，但很像——新鲜的草绿，就如榆树叶子正从泥土里含羞地冒出芽来。他看向她的耳朵，想起那个拿着照相机的小男孩，他的头发湿漉漉地打着结，还有那双追着他的深色眼睛，从人群中一眼就望到了他。他不会告诉这位母亲这件事。孩子的灵魂是幼稚的，不是吗？那男孩已经拍到了一张照片，奈央很确定这一点，那轻微的快门声自那一刻一直回响到现在。

漫天的灰烬和一场牢狱之灾

漫天的灰烬和一场牢狱之灾

我们住在日本的那年，位于镇子边缘的火山“打了个嗝”，把周围的一切都埋在了十多厘米厚的金色尘土之下。天空被染成了黄色，压低的云层就像天花板。没有人见过这样的景象。

商店、学校都在那天关了门。漫天的灰烬让人难以应付，而那座热带城市根本就没有铲雪用的那种犁车。无处不在的灰烬很招人烦，但并没有什么危害，于是，孩子们都穿着泳衣、戴着外科手术用的口罩涌到外面玩耍。家庭主妇们用吸尘器清理街道。灰烬弥漫在空袭警报的警笛声中，刺耳的鸣响响彻整个城市的上空，这还是自“二战”结束以来的头一次。我们全家也从日常的琐事中解放出来——蒙特不用去实验室，亚历克斯不用去上课，而我也不需要忙得团团转。我们骑着自行车穿梭在灰烬中，和其他家庭一起在公园用灰烬做雕塑。每个人只能通过大声喊叫和手势进行交流，在那个怪异的世界里，三个月来，我第一次有了一些归属感。

从公园回家的路上，我被捕了。一个警察拦住了我们，检查每辆自行车上的登记号码。我那辆自行车上的名字和我的外国人登记卡上的名字不符，于是我被塞进一辆警车的后座，就在我的丈夫和孩子的注视下。蒙特一直指着那辆自行车，重复着他工作的实验室的名字，声音也越来越大。我从后座上看着他们的身影越来越小，心里多少希望我的丈夫能骑着自行车追过来。

警察局里的光线很暗，电肯定漏到别的什么地方去了。他们让我坐在一张摇摇晃晃的桌子旁，旁边是一个眼睛小如蝇虫的年轻小伙子，身上的味道闻起来就像炸鸡。五个年龄大一点的人在旁边看着，边抽烟边聊天，时不时发出笑声。那个年轻人打开一台笔记本电脑，开始打字并将屏幕转向我。一个窗口弹出来：

你为什么偷自行车？

误解持续不断。我解释时不停地抖动着手指。

他仔细读着翻译后的文字，捧着笔记本电脑的方式就像在检查一卷卷轴。他把电脑放下，边打字边做鬼脸。**没找到自行车的记录。实验室的工作人员今天不在，没法确认。**

其中一位年长的警官把烟头扔到地上，手掌拍了一下桌子，喊道：“你为什么偷自行车?”

一位表情倦怠、穿着制服的女警官走了进来，黑色的头发还有点湿，应该是刚刚洗过。她坐到我的另一边。

我什么时候能回家? 我给那个小眼睛的年轻人打了一行字。

这很难。

为什么很难?

*是的，我明白。你看，他们不相信你说的话是真的。*他对着旁边的女警官说了几句。他们一起站了起来，女警官抓住我的手腕，我猛地甩开，大叫道：“我没偷那辆他妈的自行车!”

手铐。拍照。指纹。某一刻，我几乎放弃了说话，反正也没有人能听懂我在说什么。监狱仅开车半小时就能到，在我被带出去之前，那位女警官在我腰间紧紧地系了一条皮带。一根绳子拴在皮带上，看着就像狗绳。她用拳头紧紧攥着它，避开了我的眼睛。

✧

监狱里，我在女看守面前脱掉了所有衣物，穿上她拿来的衣服：一件印着“让我们好好享受”的白色 T 恤；一条红色运动裤，只能勉强盖住膝盖。女看守指着我的脐环：“嗯？”当我们走出更衣室时，她朝她的长官做了一个指着肚子的手势。

“你必须把你肚子上的脐环拿掉。”那位长官命令道。

“拿不下来，”我说道，“要用特殊的工具。”

“这样，”他点了点头，“好吧，我们去找个工具。”

他们让我自己动手。房间里挤满了人，有人给了我一把钳子，我看着自己的手打开它，想着，这是谁的手？我把脐环夹断，锯齿状的金属拉扯着皮肤，有血流了出来，我却毫无感觉。

一块绷带贴在我的肚脐眼上，我被带到一间牢房。两个女人睡在铺在地上的一层薄薄的垫子上。

我无法入睡。一大早，食物——几乎煮烂了的大米、咸菜、加工过的肉条——通过一扇狗门塞进来。

第二天，一个名叫罗纳德·瑞珀斯的人从美国大使馆过来。他一边眨了下眼睛一边告诉我:“不要惹麻烦。”看我并没有笑，他便指了指自己的名牌，告诉我外国人不让打电话。但私下里，他要了蒙特的电话号码，向我保证会联系他。据他所说，有嫌疑最多只会被关押二十四天。他离开后，我在走廊上吐了出来。

罗纳德·瑞珀斯带来一本埃尔默·伦纳德的小说。为了分散注意力，我一直读到最后两页才停下来，然后再从头开始读。如果任由自己去想在家的蒙特和亚历克斯，我肯定会泣不成声。每天都有很多琐碎的日程要安排。蒙特知道什么时候去接亚历克斯放学吗？他知道要在门口向跟学生打招呼的老师鞠躬吗？他会给亚历克斯的午餐准备什么？他知道如果把电饭煲调到高挡会把饭烧煳吗？亚历克斯也是人生中第一次在没有我的陪伴下入睡，没有每晚入睡前的热茶和童话故事——这些天，我们在读《查理和巧克力工厂》。蒙特能按亚历克斯喜欢的声调读故事吗？

第三天是亚历克斯的学校的体育日，我也错过了。亚历克斯最爱这项活动，每个季度的某周六，学校会举办一整天的体育比赛。每个班都会选出班里最快的短跑选手、最好的剑道选手和最棒的跳远选手，以最好的状态参加比赛，争夺全校的冠军。亚历克斯在上一次的百米短跑中得了并列第一，立刻赢得了之前在他面前小心翼翼的同学们的认同。

走廊下面一间牢房中的女人大声喊出一个词："冲啊！"我曾在之前的体育日上听到过，另一个人回应着她，随后是异口同声的"冲啊"，声音越来越响，警卫不得不关上灯，让周围安静下来。

第四天，我们集体在一个长条水槽里洗内衣裤。一个身着不合身制服的男人冲我们怒吼，听不懂那些话也许是我的幸运，但我还是希望能明白。那种孤立感如此显而易见，即使身处在一个群体里也让人极不舒服。我拧着内衣里的水，强忍着眼中的泪。

隔天，我见到了公诉人。那人长着两排参差不齐的牙齿，说话时鼻翼快速翕动着，看起来就像亚历克斯科学课本上的一条史前鱼。公诉人告知，我会被释放——只要签下认罪书。我记得罗纳德曾告诉过我:“仅供你参考，在日本，一旦被起诉，99% 的被告会被判有罪。”

我看着认罪书，一整页密密麻麻、难以辨认的象形文字。想到要等几个月，甚至几年，要离开我的儿子，我拿起了笔。签名时，我想着离开这里后的一切。

“必须是你自己写的认罪书。”公诉人大声说道，并从我的钢笔下抽出第一页，露出第二张空白页。

“但这是日语。”我说道。

“你就照着这上面的抄下来。”我盯着纸，脑袋如火炙。我开始抄这些字。

✧

从监狱出来后，蒙特拖着会说英语的邻居——37 岁的荣子，去了一家自行车商店，买了三辆新自行车，并让她确认这些自行车都被正确无误地登记了。亚历克斯问了无数个关于监狱的问题，我设法让这一切听起来很有意思，同时把最坏的部分搪塞了过去。监狱里的人都吃什么？我有没有穿条纹监狱服？他们有没有在我的脚踝上套链球？体育日那天，他再一次赢得了短跑冠军，并创造了新的跳远纪录。他跟我讲了砖块比赛——火山灰显然对制作混凝土砖很有用，所以每个人都在收集火山灰。学校发了他们一卷卷结实的浅蓝色塑料袋。市政厅其中一部分的建筑就是用火山灰建的，他骄傲地说着，仿佛是他自己建的一般。

蒙特实验室的同事也听说了我的事——被关押？逮捕？监狱时光？措辞听起来却太过戏剧化。蒙特那些外派来的同事也来家里打探消息。那些我只打过一次招呼的人甚至提出要给我检查蛀牙和月经周期。我一次次讲述着自己的遭遇，他们边听边摇头。问题永远会回到：你怎么会承认自己没犯下的罪行呢？我肯定不会，他们异口同声，坐得更直了。我不会受这种胁迫，把我丢进监狱，我才不在乎，我要给我在波士顿的律师打电话。整个日本法律系统都是狗屎。不能这样对一个人，他们说着，完全意识不到自己的自大，或有多么幸运不是出生在这个国家；也完全意识不到其他人看待事物会有不同的方式，或有权利如此。

我不再见人，并开始写日记，算是找了个理由待在家里。我会走去杂货店，尽管蒙特在我的新自行车前安了一个超大的篮子。我不再沿着公园里的城堡废墟散步，不再给有趣的物件拍照片，带回去给家人和朋友看。当我外出时，我始终无法摆脱被囚禁的感觉，似乎街上的每个人都在盯着我看。奇怪的是，这反而让我的行为更大胆了。在杂货店，结账前，我会打开自己的手提包，以证明我没偷一根胡萝卜、一包荞麦面。当便利店外的一群孩子兴奋地叽叽喳喳说话，以看一个“洋人”的眼神看着我——我认得那个词，是专门称呼外国人的——我停了下来，撇了撇嘴，转过身。“洋人？哪儿有洋人?”我尖叫道，脸上露出嘲讽和惊恐的表情。孩子们吓得跑开了。

我开始画监狱的画，还有那里的人。蒙特说我画得过于夸张，但它们对我来说都是真实的。我梦到自己躲在一个没有窗户的房间里，因为我做了一些可怕的事，但我想不起来是什么了。之后，一个警察发现了我，我假装自己是无辜的，但他不相信，当他砰的一声把门关上后，门消失了，我被封存在里面，等着他回来，来对我施加我应得的惩罚。

十天后，蒙特开始回家越来越早，他建议晚餐后去唱卡拉OK。他心不在焉地刷着盘子，打碎了几个玻璃杯，还买回一台昂贵的加工食物的机器，用纸箱包装得很好。我知道他因为发生在我身上的一切而责怪自己。日本对他来说是一次工作调动，对我来说却是一种牺牲。他终究会完成自己的化学工程博士学位，还会收到来自世界上最前沿的实验室的博士后研究邀请，他的简历将保证他回国后拿到一个好职位。而我，却不得不在大选年中断一整年新闻调查记者的工作。我心安理得地接受了这种牺牲，或我以为我接受了。

在我拒绝出门两周后，蒙特开始学习剑道。他从未表现出对军事或武力的任何兴趣，但有一天他回到家，拿着一副黑色面罩和一把塑料剑。他会每天下班后去上课，有时在家也戴着面罩，还有一条像是吊扇的叶片做的裙子。亚历克斯觉得这很酷，我却觉得很可笑。

某晚关灯前，他用他的剑触碰着我结痂的肚脐，说道："我本该阻止这一切的。我不应该把我的家人都带到这里来。""不，"我告诉他，说着我应该说的话，"我们是一家人，共同做了这个决定。"说出正确的事情是多么轻易，不管真相是什么。

他关上灯，把我抱在胸前，比平常更用力地吻我，一种带有目的的吻。自我一个月前被从监狱释放，我们之间就没有过任何亲密举动。我们慢慢地躺下，最终我听到了隐隐的喘息声，他睡着了。窗户上覆盖着薄薄一层灰烬，我凝视着它们，几乎无法呼吸，孤独就像一副手套般包裹住我。

那个下午，我在去集市的路上顺便去了荣子那里。她正在往一个蓝色的袋子里扫火山灰，旁边还有三位女士。我们之前曾闲聊过几次，她丈夫死前，她曾在英国伦敦和美国康涅狄格州住过一段时间，喜欢用英语交谈。她邀请我加入她们，我无法拒绝，就拿起一把扫帚。火山爆发后的第一场雨已经下完，镇上的人非常重视那场砖块比赛。

大约十分钟后，街道上已经非常整洁，我很纳闷为什么还要继续清扫。我们把仅剩的一点灰烬清理干净，几乎没有什么值得清理的，她们一边碎碎念，一边弓着背干活。巨大的袋子里装着少得可怜的东西，看起来充满悲伤。

之后，荣子邀请我进去喝杯茶。整个过程比坐在家，在笔记本上写日记好多了。她没有问我最近怎么样，相反，她说到在不同城市长大的经历——她的父亲是索尼公司的销售，还有那些早已失去联系的朋友们。

“父亲去世后，我在一家酒吧当服务员，完成了大学学业，”她说道，“那是家很时髦的酒吧，我有时会跟喜欢的男人回家。”我坐在又厚又软的沙发上，听她说着。她抚摸着自己长长的辫子，浅浅的发色看起来很忧郁。附近不远处突然响起一阵警笛声，我猛地跳了起来。

荣子说着："很多事情是无法解释的。当你感到孤单时，很多事情都有了可能。有时，他们还会把我带回家，介绍给他们的妻子。我喜欢那样，就好像得到了进入某个专属俱乐部的会员资格。"

"你会没事的。"荣子继续说道。她将身子向前倾，吻了我的嘴唇。我闭上眼睛，努力控制着自己。是的，我可以做任何事，尽管是一些我并不想做的事。当我感觉到她把舌头放进我的嘴里时，我睁开了眼睛。

她说道："还不差，但你接吻时就像个男人。"之后，我们都笑了，笑得我几乎喘不过气来。然后我就哭了，自我被捕后第一次哭，我趴在她的肩膀上抽泣。她抚摸着我的头，一遍又一遍耳语着一些奇怪又动听的文字，安抚我直到我流干眼泪睡着了。

第二天，我和亚历克斯一起骑车去学校参加家长会。

“他最近好像有点心不在焉，”他的老师说道，“我也插不上手，甚至不确定是不是要跟你提这件事。”

“我知道了。”

“他是个好孩子，你很幸运。”

“我知道，”我说，“我知道。”

回家的路上，我们骑车路过一个街角，有个警察站在那里。他稀疏的胡须让我想起之前曾在警局盘问过我的一位警官。我的心狂跳不止，避开了他的眼睛，祈祷着，“求你了，不要注意到我。我不在这儿。”就在我们靠近时，他大喊了一声。我闭上眼睛，准备着如何应对。

之后我听到他说：“我很好，谢谢。你好吗？”这可能是他知道的唯一一个英语句子，当我抬起头来看他时，他在咧着嘴笑，还挥了挥手。我下意识地做了自己通常会做的事——也朝他挥了挥手。

那晚，蒙特又穿上他那身剑道服，我说我想去唱卡拉 OK。他奇怪地看着我，然后身子一扭一摆地换回了工作服，大概是怕在他找一身新衣服的时间里我就改变了主意。我们三个人骑着自行车穿过城镇，亚历克斯在行人间猛冲，带我们到了那幢隔音效果很好的七层大楼。

亚历克斯唱着《扭曲和呼喊》，我们把房间里的桌子推到一边，以便有空间跳舞。我唱了首《我对抗法律》。蒙特，用他那只有聋子才会欣赏的嗓音咆哮《和我的宝贝外出》，然后是《最终》，我们婚礼上的第一支舞。他抓着我的手，一首接一首地唱着，像个疯子一般浑身乱扭。

第二天是周六。蒙特翘掉了剑道的课程，等亚历克斯出门去了一个朋友家后，我们又躺回到床上。

那个下午，我把所有日记都收进了一个盒子里，整整五大本，其中一本我从家长日那天才开始写。我把盒子寄回位于波特兰的母亲家。亚历克斯求我们再去唱一次卡拉OK，所以我们又去了。自火山爆发已经过去了五周，那些灰烬存在的唯一证据便是那些整齐地排列在人行道上的蓝色袋子，随时准备被拖走。

那年晚些时候，我们回到了波士顿，我也回到了之前的工作岗位。又一年后，蒙特接到了一份领导东北大学一间化学工程实验室的工作邀请。亚历克斯也长大了。他有了朋友，开始踢足球，还想成为一名摇滚吉他手、一个缉毒警察、一位海洋生物学家。我们越来越少谈到日本，最终，我那段监狱往事变成了晚餐聚会上的“调味品”，成为我也曾有过一段不寻常人生的佐证。对于亚历克斯来说，如果他还记得什么的话，也不过是那年他还很小，我们曾住在日本，金色的灰烬几乎掩埋了整个城镇，事情开始变得有些奇怪，但后来又恢复了原状。

克莱姆岛

如今，每个人对曾发生在 17 号房间里的事情都有自己的一套说法，有些人甚至声称自己曾是我们这个小圈子里的一员。但说到底，最后一天没有人在那儿——只有希。我很想以为，从我认识她开始，以及作为那个短暂存在过的小团体里的一员，我的记忆是最正确的。但说实话，我只是把我知道的内容，还有想象的部分拼凑在一起，就像在黑暗中拼拼图。

希不善言辞，也许这正是我喜欢她的原因。直到今天，我都更愿意同那些性格不甚张扬的女性约会，但在那所高中，又有谁能同她相比呢——英语俱乐部的联合秘书、科学博览会的亚军，还参加学校体育日一公里跑的比赛。不论从哪个方面来看，希都是 17 岁最美好的样子。从幼儿园开始，我就时不时地迷恋她，但直到高中的最后一年，我们才经常出去玩。我们能得以亲近是因为我当时正跟美绘约会——她是希最好的朋友。

这样更容易吧，尽管有时我也会好奇自己是不是应该更勇敢一点，和希尝试一下，或许事情会有所不同。

✣

每天放学后，我们三个人——美绘、希还有我——一起去便利店买糖果，或者在自动贩卖机上买罐啤酒三个人分着喝，然后骑着自行车去镇子边上。卡拉 OK 店的霓虹灯牌子就竖在那两片稻田之间。我们总是要 17 号房间，而且那个房间通常都空着。

17 号房间的机器不太一样，没写明是在哪里制造的。一块弯曲到几乎无法辨认的说明牌贴在一侧的金属板上，上面写着使用说明，又或者是我们读不懂的警告。不过那并不重要：我们是去唱歌的，那台特别的机器能选出最好听的歌。事实上，它似乎每次都会选出不一样的曲子。而且众所周知，这机器的偏好有些古怪，喜欢老歌，像坂本雷的《龙咖喱》或是卡里·卡里的《永远爱我》。希有次声称，这机器能点出你想唱的所有歌曲，如果你多看几次点歌本的话。

卡拉 OK 系统里有一个内置的游戏，会计算唱歌的得分和时间。每首歌结束后，一座卡通小岛便会出现在远处。“克莱姆岛”，叫这个名字。这游戏的意思是，你在大海里迷了路，想要游向陆地——你唱得越好，就越能靠近陆地。有时，它还会评论你唱得怎么样：一个活灵活现的小椰子会大喊“哇哇哇”或者“嘿嘿嘿”，如果你表现得很糟糕，比如被抓到只是说话，并没有唱歌，它就会大叫：“呸呸呸！”

“克莱姆岛”这个名字有这么几个出处：我开玩笑说，那地方肯定很可怕，到处都是汉字练习册和蹩脚的二流老师，这些老师教得太差，才被正规的学校除名。美绘很肯定是英语单词“clam”拼错成了“cram”，尽管我们根本就没在游戏里见过什么蛤蜊[15]。

除了那台机器外，17号房间同那里的其他房间没什么不同：黄色的墙壁、塑料沙发、香烟以及空气中各种污浊物混合在一起的恶臭味。一张矮矮的桌子上堆着点歌本、遥控器和一个用来装手鼓和砂槌的柳条筐，尽管我们从来没用过——是给那些戴着纱巾来唱演歌[16]的老女人用的。

---

⑮“克莱姆岛”的英文为“Cram Island”，“clam”意为“蛤蜊”。

⑯ 演歌是日本独有的歌曲种类，是演唱者基于情感所演唱出的具有娱乐性的歌曲，因歌手独特的唱法或歌曲所表达出的意思，又有“艳歌”“怨歌”等称呼。

之所以喜欢那家卡拉 OK 店是因为它位置偏僻，自行车道在稻田间蜿蜒崎岖，仿佛那地方本身就是某个目的地。温暖的夜里，你可以听见稻田里的青蛙在鸣叫，如果你的房间朝向东面，那声音会吵到你根本不想打开窗户。我记得有时晚上，我会走出来，三四个小时的唱歌和说话后，我的嗓音会变得沙哑，但这些青蛙会一直叫下去，就像一台台永动机。我们三个会骑上自行车，踩着脚蹬，从明亮的霓虹灯牌下进入黑暗。

美绘有些愤世嫉俗，慢慢把我也变成了那样。她坚持克莱姆岛根本就到不了，生产厂家不过是为了吸引回头客才加了这么个设置。希却不那么肯定。一天，她的书包从沙发上掉了下来，我认出她泳衣银黑色相间的肩带。（当然，我是在今年早些时候一起上游泳课时看到的。）为了逗她，我便问她是否真的打算游到克莱姆岛去。她的脸涨得通红，开着玩笑说只要我在旁边，她哪儿都不想去。

偶尔，在歌曲播放间隙的嘈杂声中会有两个声音：一个高声、一个低声，就像理发店的背景音乐，唱着让人永远也听不清楚的字音。这就像那种墨迹测验：你听到的取决于你头脑中所想。“他的天空满目狼藉。”有一次这么唱道。还有一次是：“这哭声将会终结于她手。”

希在这个游戏中得了很高的分数，甚至开始超过我，尤其是《子弹列车（驶向我的心）》这首歌。我并没有想太多：美绘的妈妈最近开始在下午出门做志愿者，留下一座空房子和美绘粉红色的凌乱的床。希不介意自己一个人去唱歌，她享受其中，因为可以不受打扰地重复唱同一首歌。后来，那些跟她在学校同一个唱诗班的孩子都说她的声音更洪亮了，也许那时他们就注意到了，但我以为他们不过是马后炮，你明白吧？

后来的几周里，有件事让我一直无法忘怀。那天我和几个同班同学走出校门去吃午餐，希迎面走来。我正准备跟她打招呼，告诉她稍后在卡拉 OK 店见，但当我们的距离足够近时，她突然朝我跳了过来，用手臂箍住了我的脖子。

我定了几秒钟，直到她没站住，向后摔了一跤，大笑道:“你应该接住我的!”我的朋友直木在一旁弯着手臂，展示了他的肱二头肌，说道:“来试试我。”如果她扑向他，他会蹲下来，伸出双臂，但她最终没有这样做。她拍了拍他的手，看向我。

“我没想到你会做那个动作!”我说道，抓住了她的肩膀。我很想去触摸她，想要确认她的要求。**再来一次**，我默默地乞求着。**我一定会接住你。**

我想象着——我已经花了太多时间想象——她骑着那辆紫色的自行车，车筐里放着她的书包，学校的校服紧紧地系在腰间。稻田间的蛙叫声震耳欲聋。当别人告诉她 17 号房间还空着时，她握了握拳头，这样她就可以随心所欲地唱任何自己喜欢的歌了。她慢慢跑上楼梯，每一步都打着拍子，尽管那楼梯很矮，她完全可以一步踏上两三个台阶。用红色记号笔写着“17”（有人撕掉了门上的标牌，他们也没有换个新的）的门敞开着。她把书包扔到沙发上，在遥控器上按下“31121”，屏幕上逐渐出现了熟悉的画面：一个女孩走在飘落的樱花中。她唱了三四遍《樱花》，先是交叉双腿坐着，而后站起来让气息更加流畅。几遍热身之后，她就得了 90 分以上，她唱得很随性，甚至开始在沙发上大喊大叫，几乎唱完了所有的经典老歌。有时，服务员会毫不引人注意地经过走廊，她们非常擅长充耳不闻。

她也能听出来自己的声音越来越洪亮了，经过这些放学后的练习后，她发现自己能以高出一到两个音高唱出来。她唱着《灵山寺》二重唱的两个声部，还有《寂静之声》的和声，这首歌是英文老师教我们的。她唱得不能再好了，唱出了所有的音域。屏幕上——那屏幕比她高，几只卡通海豚跳跃着，美人鱼在海浪中玩耍。克莱姆岛更近了。

当一切发生时，她正在唱《樱花》，已经是第七次，她刚唱完最后一个音符，声音卡在喉间一个全新、安稳的位置。她的声音越来越高，并且陶醉地闭上了眼睛，肩膀向后靠，腹部肌肉紧绷。之后，她睁开了眼睛，就是这里了。

那几个字——“欢迎来到克莱姆岛”在屏幕上缓慢地滚动着，几个简单的音符循环播放。“你来得正是时候。”那个高声说，伴随着随声附和的背景音乐。他们齐声吟唱着:“我们需要你,只是你。从此不再迷失。我们已经等待了这么久……你……只是你……”

棕榈树摇曳着，克莱姆岛上微风浮动。一颗椰子摇摇晃晃地从沙滩斜坡上滚入海浪中，欢快的鱼儿跃出海面。希靠近屏幕，一脸骄傲和满足的表情。也许她那天带着自己的泳衣，甚至就穿在校服下面。我情愿这么以为。

那家卡拉 OK 店大约在我们毕业时关门了。夏天的时候，那幢楼一片漆黑，孩子们聚在那里喝酒都会把自己吓得够呛。我离开家去上大学的时候，那楼还在那里，但等到新年假期回来时，那里就变成了一家奢华的健身俱乐部，稻田也修成了停车场。很长一段时间，我都在想那些青蛙去了哪里。

你肯定会以为希的失踪会让我和美绘的关系更亲近，但是并没有。实际上，自希失踪那天起，我们之间就再也没有了浪漫的情愫。这是我们之间无法言说的解脱。那年年末，流言蜚语渐渐平息，我们各自有了新的朋友圈，除了偶尔在学校走廊上碰面时点点头之外再无交集。希的父母从未停止毫无结果的调查，哪怕是在我搬家后不再去想这件事。

当然，这事依然萦绕在我的心头，仿佛那天发生的一些微妙的变化只有我感知到了。就像你穿了一件毛衣，有人看到并告诉你毛衣上有个洞。哪怕她留张纸条，或者给我们一个信号，表明这是她希望的。但我们能确定的是，那天他们关门巡店时，那只是一间空房间，持续不断的音乐声从那个半死不活的音乐盒子里冒出来。欢迎来到克莱姆岛！他们不知道怎么把那机器的画面关掉，只得拔了插头。我听说那机器再插上电后也打不开了。我有一种直觉，他们并没有叫维修人员上门看一眼。

我仍然满怀希望，说不定哪天她就出现了：可能在地铁里迎面碰到，或者叫外卖时听到她接电话的声音。有时我甚至想去找那台老旧的卡拉 OK 机器——图什么呢？我自己也不知道。我唯一确定的是，这件事已经过去太久了，终究会如此，就像其他所有事情一样。就像那些青蛙和它们的孩子，它们的孩子的孩子，一代代青蛙，没完没了地在田间鸣叫着。

爱的计量仪

爱的计量仪

信收到时放在一个手工制作的信封里，用红色的蜡封了起来，跟一堆账单和垃圾信件混在一起。川口绫看到书写自己名字的字迹很好看，拆开封口，读着：

尊敬的川口女士，

我觉得最好还是绕过在信的开头问候天气的习俗，因为这封信涉及一件更为紧迫之事，它关乎您的福祉，也关乎我的身份和目的。我带着最恳切的希望，写这封信给曾于1969年就读于庆应义塾大学的一位学生，川口绫女士。如果读到这封信的人并非我所指涉之人，请忽略。

我的名字是大枝进士，于1960年至1991年间担任庆应义塾大学的心理学教授，直至退休。自1969年至1970年间，我主导了一系列实验，其目的是设计、完善一件仪器——绰号为“爱的计量仪”（Amorometer）——用于测量一个人爱的能力。（“Amor”正是“爱”的拉丁语词根。）

1969 年，学院尚没有报备实验对象的规定。我假设你完全不理解我们当时的研究，更不用说实验的数据所披露的一些非同凡响的结果：在所有的实验对象（共计 439 名）中，您在爱的能力上的得分最高。而在对同情心的测量中，您得了令人震惊的 32 分——超过平均值 2 个标准偏差。

我必须提出的是：我非常希望见您一面。作为一位已经寡居两年的鳏夫，我发现我所获得的陪伴（一只公猫和我的回忆）远远不足够。那只猫不太靠得住且脾气暴躁，回忆也基本是同样的情形。

也许不论一个人处于哪个年龄阶段，其内心深处永远会保持一种青春的活力与热忱。尽管我已经垂垂老矣，但我的好奇心并未衰减，并且已经从我的头脑转移到我的内心。这绝非一件坏事。

带着极大的希望，

大枝进士

P.S. 这封信花了我几年的时间才写完，我很可能在另一项实验“勇气计量仪”(Cordometer,“Cord”是“心”或者“勇气”的拉丁语词根)上的分值低到令人沮丧。如果可能的话，希望能得到您的尽快回复。

绫把信举到桌上的台灯下，检查着水印。厚厚的纸张，以及它在指尖之间创造的令人惊讶的空间，让她感到自己在某种程度上很重要。

她从未在庆应义塾大学上过学。自从很多年前嫁给久雄后，她几乎没到过东京。

她的指尖滑过蜡印，想象着这位教授把厚重的蜡滴到信封的封口，并盖上自己的印章。她想象着他夹克衫上的面料和走出屋子时穿的皮鞋上的褶皱，以及将信投到东京某个雅致街区的信箱里的细长的手指。现在，这封信到了这里，凝固的蜡就像某种形状奇怪的水果，一个陌生人的名字被从中切开。

一个陌生人相信她是——他用的是什么词来着？——非同

凡响。

她瞥了一眼挂在炉子上方的钟。久雄还有一个小时回来，晚餐已经准备好了。还有一些衣服需要熨烫，但也可以留到明天。她把脚凳拿到衣橱旁，取下装有信笺的盒子，开始回信：

尊敬的大枝先生，

> **收到您的来信非常高兴，真是一大惊喜！据天气预报，这里的雨季已经到来，但我将不会探讨更多关于天气的细节，因为就像您所说的，我们的通信实属意外。**

她重读了信的开头，抽出一张粉红色的纸，重新写了起来，把“非常高兴”改为“心情非常美好”，“意外”改为“不寻常”。她继续写道：**我已经很久不曾想起大学时光，您的来信让我感到非常高兴。**

她想了想，又加了一句：**我认为，您在“勇气计量仪”这一实验上的得分应该非常高！**

她坐了起来，意识到久雄回来了。这些年，他进门的仪式性动作对她来说已经再熟悉不过：门上的铰链被打开，金属大门砰的一声被关上，那响声大得刺耳，她的丈夫用沙哑的嗓音说着“我回来了”，似乎不是对她，而是对自己说。今天唯一缺少的是他的公文包摔到地板上的响动。

她把信塞进抽屉里，叹了口气。就像美子曾警告过她的：现在他退休了，能依靠的只有她。她打理这座房子长达三十一年，每一天从早六点到晚六点。久雄是一个好男人，给她和他们的儿子提供了这么一个家，但她从没想过自己已经跟他生活了这么长时间。

“你今天回来得很早。”她说道，站着欢迎他回来。

“高尔夫球场的人太多，”久雄抱怨道，“有很多孩子。这个时间孩子就应该待在学校，或者在上班。”

“嗯，”她说道，“你要现在吃晚餐吗？或者来杯冷饮？”她慢慢走向厨房，他已经躺进了那张蓝色躺椅里。一直以来，他下班回到家，就瘫倒在那张椅子上，吃点或喝点什么。

现在，尽管他回来时并没有那么累，他依然会习惯性地躺到那张椅子上，没有什么地方比那里更舒服了。

那晚，久雄睡下后，她在回信上做了最后的润色，耳朵里塞了一对绿色耳塞，以对抗他的鼾声。

您能想起我，并要求与我见面，让我感到受宠若惊。她写道，抿了一口玻璃杯里久雄的威士忌。她在信的末端打出“川口绫”这个名字，打印的字迹要比她自己写的好看许多。

他简短的回信于三天后到达。

> **打开这封信的心情就如今天的天气一般美好，天空晴朗温和，日光浓厚甜美如蜜！我很高兴，也很吃惊（已许久未收到好消息），您有空见我。我可以去您的城市，或者，如果您愿意，我们也可以在“霓虹丛林”餐厅**

见面。

日光浓厚甜美如蜜！绫笑了笑，惊异于世间竟有这样说话的人。时间，她想着，应该什么时间见面呢？

✧

她只告诉了美子自己的计划，美子年纪轻轻就离了婚，之后便一直单身。

“我不会背叛久雄，”绫说道，“我只是觉得……很温馨。这个人如此赞美我，我只是想知道这是一种什么样的感受。”

“噢，闭嘴吧！你是一个美丽的女人。”

“美丽，真幽默。我想要非同凡响。”

美子翻了个白眼。

“而且，时间的话，久雄现在也退休了，亮刚搬出去——一切仿佛要重新来过。看看我都错过了什么?”

“如果他又帅又有钱呢?”

“他很可能又穷又邋遢。”绫说着，不过不太信。

“一台计量仪！谁听过这种东西？不知道我能得几分?”

“我也是。”绫边说边回想起自己人生中的每一次自私、毫无爱心的行为。在还是个少女时，她偷过一把伞，还有和美子说的那些恶毒的八卦。她只给亮哺乳了两周就停止了，因为无法忍受乳头变得干硬、开裂。

“确实——如果他看出来根本不是你呢?”

“那我就回家。”

“除非他又穷又邋遢，如果又帅又有钱的话，就缠着他。”

他们约在一个周六的中午见面，在东京车站的顶层一家以城市景致闻名的餐厅。尽管他一再重复可以到她的城市来，绫依旧坚持来东京。她所希望成为的那个人不会出现在那座小城，她需要一些距离做出改变。尽管想到自己可能会在一个陌生的城市迷路让她感到害怕，但她很确定一旦到了那里，她就能成为想成为的任何人。可能成为的任何人，会让她的人生迎来完全不同的走向。她已经读了足够多的书，无数个川口绫已经在她的身体里待了太久，早已准备好被召唤，这一想法让她感觉自己正经历一场冒险。久雄外出去打高尔夫，她花了大半个上午在衣橱旁，一件件试那些多年未穿的衣服。

“好吧，告诉我你发现了什么。”美子说着，“看看他还有没有单身的朋友。”

她告诉久雄自己加入了美子的熟人组织的一个弦乐四重奏乐团。“你还记得怎么演奏？”他从报纸后面问道。

“当然，”她回答，边说边套了一双长袜，“高中时，它几乎就长在了我的手上。”

“明白了。你现在就去练习?”

她不知道他是想让她现在就拿出那把旧中提琴，还是不想被人打扰读报。“也许吧。”她说道。他点了点头，边读报边咕哝着:“但是是在东京？你不能找个离家近的?”

她继续试着那些袜子。“我不认为有，”她停下来问道，“你觉得我非同凡响吗?”他甚至没有抬眼看她。“你很美，亲爱的。”

出发前一晚，她来到书架旁。她从不会让家里没有可读的东西，但这次的选择至关重要。最终，她的眼神落在那本自亮出生后便再没读过的《安娜·卡列尼娜》，书页已经卷了角。她把书轻轻地放进包里，重量落在肩上刚刚好。这是一次长途旅行，需要一个足够长的故事，但更重要的是，人物本身要彰显另一个川口绫的品位。

如果等车期间发生任何事故或故障，我就掉头回去，她想。那晚她花了很长时间入睡，中间醒来两次，以为自己错过了火车。五点钟，她放弃再次入睡，去冲了个澡。七点钟，久雄把她载到当地的火车站，她将乘坐一列双节火车到达西山，那是去东京的中转站。

顺利上车后，她在那个铺了毯子的座位上转了转身子，让那本《安娜·卡列尼娜》随意摊开到某一页。“没有哪种习俗是人所不能适应的，尤其是当周围人均以同样的方式生活时。”“他喜欢捕鱼，似乎对自己能从事这样一个愚蠢的职业而感到骄傲。”

她读着：

> 安娜几乎不知道自己真正害怕的是什么，又希望什么。是否惧怕或希冀已然发生的一切，又或者即将发生的一切，以及她渴望的一切，她都无以言说。

她望向窗外，摘掉了婚戒，又戴了回去。景致飞速闪过。她发现自己可以放松地闭上眼睛，让头脑中的画面逐渐模糊起来，又或者专注地挑选几个要素：窗帘像舌头一般慵懒地靠着窗户、电线交错层叠、平坦的稻田、可口可乐的广告牌。每个事物都会消失，被新的替换，在头脑产生更多想法之前。“没必要在一辆急速飞驰的列车上思考，”她想着，“如果我可以永远待在这辆列车上，我就无须去回想任何事情，生活将会像一段段刺激的影像，由窗外呼啸闪过的画面组成。”这想法让人很惬意。

从列车上走下来就如同跳入一条河。她在人群中穿梭，试图找个地方放她的中提琴，这物件突然变得莫名笨重起来。“我是不是该说自己是来参加一场读书会的?”她想到。

好多人。她被眼前这些人带有明确目的性的移动所打动。一首乐曲传入她的耳中，她把头转向售票机旁一群正在表演的乐手——是几个大学生——两个小提琴手和一个大提琴手。面对这样的巧合，她笑了，作为四重奏所缺失的部分走了过去，但并没有打算参与其中。拉着大提琴的小女孩看了一眼她的乐器，歪了下头邀请她加入。绫满脸通红，匆忙地走开了。

在一位年轻男士的帮助下——他长得很像久雄年轻时瘦瘦的样子，她找到了存储柜，把那件乐器放了进去，然后走向自动扶梯。

她想早点到达餐厅，可以读会书、喝点茶来平复自己紧张的神经。她看了看表：10∶03，比上次看的时间晚了一分钟。

自动扶梯将她带出地铁，随即进入一家几层楼高的圆形商场，直达一扇巨大的天窗。玻璃天窗外的天空是灰色的，却也清亮得令人愉悦。到了第七层，她瞥见一家化妆品店，便下了扶梯。

同柜台后面的浓妆女孩讨论一番后——她确定那个颜色不会特别有暗示性，但“足够优雅且能掩饰年龄”，绫买了一支深红色的口红，上面的名字是“嘘嘘嘘”，价格能买一本精装书了。那口红艳得就像一件舞会长袍，仿佛在她的嘴唇上铺了一层缎子，这让她想起床单，但随即又摆脱掉了这个想法。之后，在商场的卫生间里，她涂上又擦掉那口红，反复了四次，直至在和另一个川口绫（会毫不犹豫地涂上这款“嘘嘘嘘”）之间找到某种妥协和平衡后，她再次涂了上去，但又用无色唇膏在上面涂了一层。作为对遮掩口红的妥协，她摘掉了婚戒，然后洗了洗手。

到了餐厅，她找了一处靠窗的位置坐下，点了一壶茶。细雨在城市中落下，建筑物和道路被冲刷得焕然一新，路上的标识牌和车辆也愈发明亮起来。

一只飞蛾落在窗玻璃上，吸引了她的目光。它不像她之前曾见过的任何一只飞蛾，翅膀顶部折成了圆形，垂直地立在那里。一个靛蓝色的圆点装饰着有着橙色边缘的两翼。

她定定地看着，它双翼上的两个圆点让她感觉仿佛自己正被监视。母亲曾说，死去的先祖会化作飞蛾前来拜访活着的亲人，但她不想让任何认识自己的人，不论死去的还是活着的，目睹她今天的行为。她试图用餐巾吓走那只飞蛾，但它纹丝不动。

她试着忽略它，将注意力放在《安娜·卡列尼娜》上，但没什么用。她开始观察这家餐厅，餐厅里已经开始上人。十一点三十分，早了半个小时，大枝进士走了进来——一朵蒲公英如他所许诺的从其衣领上跳出来。他不像她所想象的那般高，但他的衣服被专业地熨烫过，很合身。美子一定会说他很帅。

“但你自己觉得呢?”绫想，“好看?”是的。他的脸部线条宽阔而温和，平平的鼻子上架着一副金丝边框眼镜，那眼镜竟能一动不动地立于其上，堪称奇迹。他坐在餐厅的另一边，远远地背向她。她欣赏他得体的餐桌礼仪，尽管无人陪同用餐，他依然将餐巾放在腿上铺平，笔直地坐在椅子里，就连他招呼服务生时的笑容都是那么温和。

她看回那只飞蛾——它黑色、弯曲的腿缓慢地移动着，一侧翅膀对着她。突然，她站了起来，用双手覆盖住它，紧紧握住。她要把它带出餐厅，让它怪异有如双眼的两翼去别处安歇。

服务生给大枝进士拿来一小杯饮品，他一饮而尽后，便将空杯子交还给服务生。正在他试图用酒精遮掩自己紧张的举止时，绫手里捂着那只飞蛾走向餐厅入口。它轻如薄纸的双翼猛烈地击打着她的手掌。她会经过他的桌子，但他并不知道她的长相，所以她不会被发现。

就在她走过时，绫盯着他的背部，确定他能感知到她的眼神。他的头发剪得很短，近乎一种军人式的平头，在餐厅低垂的吊灯下闪烁着银光。“他的短发就如窗外的细雨。”她想着。

她谨慎地走过他，既不太快也不太慢，走进了商场，然后放飞了那只飞蛾。它很快飞向天窗。再回到餐厅时，她下意识地看了一眼大枝进士，发现他也在看着自己。

绫脸红了。除了走近他，她别无他法。就在她靠近时，他站了起来,脸上露出一个大大的微笑。“大枝先生?”她问道。

“请叫我进士。你——你就是那位传奇的川口绫。”他深深地鞠了一躬。她也弓下身子，保持着这个姿势，以便稳住自己的呼吸。他的古龙香水让她想起了自家房子后面的那片森林。

他的嘴很大，笑起来时弯得就像一个摇篮。再往上，温柔的眼睛和平坦的鼻子让他看起来就像一幅木版画。“我刚刚看到你是怎么对付那只飞蛾的，”他说道，紧紧握住她的手，“我感到很荣幸。”尴尬瞬间布满她的全身。“感到荣幸的是我。请忘记那只飞蛾吧，我太傻了。”

“忘记？永远不会！我从那一行为中推测你的个性——一种富有同情心的行为，放飞一只飞蛾，其他人可能会无视，甚至更糟——杀掉！”

绫不太确定要说些什么，幸好这时服务生回来了，为她拉出椅子。“喝点什么吗，女士？”服务生等他们落座后问道。

“是的，”她说，“我要——”她想起安娜，那位俄罗斯贵族，“伏特加。”

服务生惊奇地耸了下眉毛，“冰块？”

“一点。”她说，以确保她点的东西不会太不合时宜。进士轻拍了下桌子。“伏特加，谁会想到呢？”他笑了起来，“两杯。”

✧

进士往椅背靠了靠，他的第二杯伏特加几乎要喝完了。他们聊了一些毫无意义的小事——天气、食物，还有火车之旅。

“我不得不说，我从未想到自己会喝伏特加——和川口绫。这么多年了，你曾只是一串数据……我的想象都出自那些推断。”

绫尽全力让自己看起来像受过良好的教育。“生活总会发生一些意想不到的转折。”她说着，喝完了自己的伏特加，享受着喉间的温暖。“如果你允许这一切发生的话。”她补充道。他前倾了一下身子，小声说道：“原谅我，但——你怎么会一直都未婚呢？”

绫一直试图回避这个话题，但她知道终究会被提到，她早已准备好自己的答案。“我只是一直没找到那个对的人。”

他点了点头，似乎期待更多。“非同凡响的人总有非同凡响的困难时刻。”他继续说着，“很长一段时间我都很好奇……

我现在知道自己的想象是那么干瘪生硬，你跟我想象的非常不同——”她看了他一眼。“好很多。”他快速地补充道。

她开始感到放松。“你还没告诉我你的研究，我想我有权利听一听你的介绍。”

“简单来说，我们发现了一种量化他人爱的能力的方法——潜力，最后证明并非所有人都有同样的能力去爱别人。这个想法很有革命性。”他前倾着身子，抚摸着她的手，“想象一下，同另一个人——另一个在爱力上得分远低于你的人结婚。”就在他说出“爱力”这个词时，他用两根手指在她之前戴婚戒的位置敲打了两下。

“在他们看来，一个人也许会用尽全力去爱，”进士继续说道，“但这对那些得分很高的人来说依然不足，永远都不足。这就使得那些低分者缺乏自信，也不被欣赏，而低分者的伴侣感受也不好，因为在他们看来，每个人都应该同他们一样去爱。”

“难道人类生来不是为了去理解彼此、接受差异的吗？”

“也许。但让一个人真正理解他人非常困难，结果证明，在爱中，人会变得更加盲目。”

“难道人就不能成长？”

“我们的研究普遍显示，爱力是一个恒定不变的特质，非常像眼睛的颜色或者智商。当然，谈到人的大脑的话，一切也并非那么笃定。”

“我不能相信自己竟然能得那么高的分。”她说。这时服务生走了过来，端着两份大大的午餐套餐和一排饮品。就在服务生将绫那份午餐放在她面前时，一杯可乐从托盘上滑了下来，摔到桌子上，溅了她一身，还打湿了她那份炸猪排。服务生显得有些笨手笨脚，一边道歉一边说会再拿一份新的套餐来。绫不希望浪费这么多食物。“没有必要的，”她说着，用餐巾轻轻地擦拭着衬衫，“我就吃这份吧。”

“夫人——”

“真的没事。要不你可以给这餐打个折。”服务生鞠了一躬，他的脸就像之前那支口红般通红，然后匆忙走开了。

绫咬了一口自己那份浸了可乐的炸猪排，她饿坏了，那杯伏特加彻底释放了她的食欲。味道还不错，她想着。当她抬起头时，进士正在看着她，他的脸上带着光泽。他没有动自己的食物。

“不可思议。”他说。

“噢，这没什么的，”她说，暗自高兴起来，“所以，告诉我，你最终的发现是什么?”

“1970 年的秋天，我们的资助断了。政府把我们的研究看作‘不科学且带有危险性’。”

“危险？！”

“有些人会觉得我们是在插手一件科学不应该管的事情。这确实是个遗憾，这项研究是这个领域到目前为止最大胆的突破。”他做了个小小的手势，不一会儿服务生端来了两杯饮品。

“好吧，我已经唠叨得够久了，”他说着举起自己的酒杯，“让我们聊一聊你，从最开始说起。你在庆应义塾大学学什么？”

她碰了一下他的杯子，久久地抿了一口伏特加。川口绫是一位可以控制自己酒量的女士。“文学，”她说，“我的初恋是夏目漱石。”

“《心》。”他说出了作者备受喜爱的一部小说，并把手放在自己心脏的位置，“也许这正是你的心如此包容的原因。”

“或许正是我那颗包容的心将我指引向夏目漱石。”她感到自己越来越自信，对自己的身份撒谎，让谎言如铺开的红毯一般一个接一个跟随而至。

他叹了口气，往后靠了靠，微笑着说：“我几乎忘了被庆应义塾大学的女学生们围绕在身边是一种什么样的感受。你难道不想念城市的生活吗？”他全神贯注地看着她说话，眼睛睁得大大的，就像一个孩子在观看烟花秀。她觉得——

很有趣。非同凡响。“好吧,大学是一个疯狂的年代,”她说,似乎是在默认什么,“我并不总是在课堂上,可以这么说吧。”

“多说一点!”

“噢，算了。不过，其中一件事是乐队——”

“军乐团?”

“不，是一个摇滚乐队，朋克摇滚。我是歌手。”

“啊——我也会吹单簧管，我自己一个人吹。”

她点了点头，就如溜进一件旧睡衣般溜进这个刚被创造出来的新生命里。“我们的乐队叫‘黑色碎片’，但我们只穿白色衣服演出，有些讽刺吧。”

他笑了起来，她借口自己要去卫生间。久雄留了一条语音，他最近才养成这么个习惯。她回了他的电话，解释着厨房那台烤面包机的重要性，每个按钮是做什么的，以及应该把面包放进去多久。他没有提及她的四重奏排练，她感到有些生气，但当他问她是否回家吃晚饭时，他的声音激起了她的怜悯。她想象他吃着烤煳的面包片——只是面包片，因为他不知道去哪里找黄油和果酱——她无法说不。

她到家后发现，久雄正坐在厨房的地板上，周围的瓶瓶罐罐堆了一地。“你在做什么?”

“收拾东西。”他说，正检查着一盒鱼。

“为什么?”

他抬起头，有些恼怒地说:“为了更有效率。”

“你又不做饭。”

他耸了耸肩。她走过他，拿起那瓶威士忌。“你什么时候开始喝酒了?”

“现在。为什么你总会觉得生命就要结束，现在再尝试新事物为时已晚？”

他用手指了指身旁那堆杂物说：“我正在尝试新事物。”

进士的来信两天后到达。“他一定是在我回程的火车上就去寄信了。”绫想着。在信中，他感谢她来东京，并表达了他对下一次见面的期待——下周日在上野公园。他引用了《心》的一句话做结尾，那本他们讨论过的夏目漱石的小说：

> 在激情中说出的话语比那些理性的表达包含着更大的生活的真理……

每个早上，她一遍遍读着他的信，以这种方式开启一天就像一株植物刚被水分滋润。

⟡

秋天让公园的树木分外火红，绫感到自己从未感受过如此丰富的色彩，哪怕是在这个遍布原始森林的家乡。

他会在见到她时鞠躬，这是个好信号，她想，因为一个拥抱可能会意味着一些她尚未准备好的事情。他以第一次见面时未曾出现过的神情搜寻着她的脸庞，就像一位鉴赏家在重新评估一幅画。她想应该是因为自己的口红：放好自己的中提琴后，她这次没有遮掩那抹鲜红。

他犹疑不定的行为立刻消失了，绫似乎有些过于紧张。她的怀疑很快被证实，仅仅走了几分钟后，他抓住了她的手说："我想给你看点东西。"

他把她带出了公园，走过商业区，进入一片聚集着老房子和狭窄街道的街区。"这是我家。"他说道，然后他们停在路边。"不用担心，"他看着她，"我不会做出什么不得体的行为。毕竟，我们也只是刚认识。"

她跟着他来到房后一条窄窄的街道。他不断地回头看，似乎是为了确保她还跟着。一个小小的棚屋立于院子中，他一个个打开锁——总共有四把锁。

“我们到了。”他说道，推开了门。

绫走进那间昏暗、狭窄的屋子，一股湿木头和塑料混杂在一起的味道扑鼻而来。一张大大的桌子上放着一台类似于地震仪的机器，占据了几乎整张桌子。但这里绝不会用来办公。

“这个，”他说着，像魔术师一般伸出手臂，“就是计量仪。”位于这台奇妙装置的中心位置，是一个红色的金属盒子。盒子里，一根针悬挂在一摞卷纸的上方静止不动。有两条皮带，一条很粗，像腰带；另一条细一些，差不多就像量血压的皮管的大小，从盒子左边垂下来。盒子后面是一个衣架，如一顶王冠一般从后方升起，也漆成了红色，似乎是被强行做成了一个尴尬的心形。整台机器看起来就像儿子亮从邻居家的废品里捡回来的废角料做成的一个物件。

“我希望你会愿意，嗯，提供一些新的数据……作为一项纵向研究，如果你愿意的话!”他将手轻轻放在她的胳膊上。

“啊!”她想象着自己被塞进那台装置里，她作假的证据便如潮水一般涌出。她突然身子一颤，坐了下来。

“你没事吧？你需要些什么吗?”

“我只是不——”

“你看，”他说着，打开又关上那个满是金属齿轮的夹具，“我可以确保……我们可以确保……”

她想起自己的口红，一根手指摸着嘴唇，就像是在触摸一堵后悔被粉刷的墙。“我想我该离开了。”她说。

✧

她那列火车晚了一个多小时才到。她在亮得刺眼的地下通道里游荡，走过专卖给外地人的纪念品商店——箱根的黑鸡蛋、四国的小酸橙、冲绳的蛇酒。她很好奇自己这些年收到过多少从这种商店买来的礼物。是不是一切都是错的?

她又听到了乐曲声，哪怕还没看到演奏者。声音从同一个地方传来，就在日比谷站地铁售票机的旁边，她从进士那里得知，日比谷站是这个世界上最深的地铁站。据说，如果你站在日比谷站自动扶梯的最下方，便能感受到来自地狱的热气，看到来自天堂的光。

她看着一周前那个只有三个人的四重奏乐团演奏的位置，却发现那里空空如也。她跟随着耳中的旋律,马上就要到了，她知道，从地铁出口的后面，随着自动扶梯升上来。

她立刻做了决定，又或者是她事后反应过来，是她的心为她做了这个决定——这么多年来，她从未这么奢望过。在附近一个卫生间的隔间里，绫轻轻拧着中提琴盒子上的纽扣。她把躺着的乐器抬起，拉着老旧的琴弓滑过琴弦，开始演奏起来。

琴弦也老了，A弦和G弦都已磨损，她调着音，将木头琴身抱在胸前。往来的鞋子在消过毒的地面发出咔哒咔哒的声响，门被一次次猛地关上，还有水池中的洗手声，此生中仅此一次，绫不在意他人的目光。这些女人都是陌生人，但她们得以共享这座城市。也许其中有些人就是庆应义塾大学的学生，也许另一个川口绫就在旁边的隔间里，刚刚脱下裤子。这想法把她逗笑了，她开始拉那首高中最后一年表演的曲子，是舒伯特的《阿佩乔尼奏鸣曲》。她异常陶醉地看着自己的手指落于琴弦上，尽管 B 弦已经走调，但旋律却十分精准。

尽管并不完美，但她觉得很好，而且，如果再多加练习，就会更好，好于之前的学生时代，因为这些年来的生活阅历已经全部融入演奏中。她不再是个小女孩。她对自己的恐惧和渴望一目了然，再也无法困住她。她带着这一想法完成了最后一个音符后，独自站在日比谷站旁边厕所的一个隔间里。一阵轻轻的掌声回荡在瓷砖墙间，一秒钟后，更多的掌声加入其中。绫抬起头。她向无人的地方鞠躬，然后从头开始，想象着双眼炯炯有神的人们点头认可，甚至笑了笑，然后说："很好，但让我们再听一遍。"

致谢

无尽地感激Jill Meyers和Callie Collins——两位都是不可多得且极具慧眼的编辑，以及A Strange Object出版社颇具天赋的员工们。

谢谢你们，MacDowell Colony、Devil's Tower National Monument、Jentel Arts和Kerouac House提供饮食、居所，溺爱般地支持我将这些故事写出来。来自Wesleyan Writers Conference、Sewanee Writers' Conference、Squaw Valley Community of Writers、Fishtrap、San Francisco Foundation和Intersection for the Arts的支持对本书的写作同样至关重要。

我蒙恩于文学杂志的读者和编辑们，这些故事第一次出现在他们那里，特别感谢Minna Proctor、Richard Mathews、Sunny Woan和Christine Lee Zilka。

感谢Angela MacFarlane和Brian Beckey的友谊，还有Caboose，其中几个故事都是在那里写出的。

更多的感谢献给John Evans，他阅读了很多难以卒读的草稿并且持续多年地鼓励我，还有我挚爱的Kristin Kearns，以及无数的香槟和各式各样的炒菜。感谢Jo Ann Heydron、Sky Kelsey、Kimiko Kobayashi、Josip Novakovich和Stuart Dybek。还要感谢我的家人和他们坚定不移的支持。最后，感谢我的爱人Derek Seymour，那个朝陌生人扔鸡蛋的画面让我始终保持清醒，以及太多太多无法言尽的感谢。

图书在版编目（CIP）数据

30岁那天，我长出了一条尾巴 /（美）凯莉·卢斯著；华大译. — 北京：北京联合出版公司，2021.9
ISBN 978-7-5596-5478-6

Ⅰ. ① 3… Ⅱ. ①凯… ②华… Ⅲ. ①中篇小说—美国—现代 Ⅳ. ① I712.45

中国版本图书馆 CIP 数据核字 (2021) 第 168885 号

30岁那天，我长出了一条尾巴

作　　者｜[美]凯莉·卢斯
译　　者｜华　大
出 品 人｜赵红仕
选题策划｜好·奇
策 划 人｜华小小
责任编辑｜管　文
封面装帧｜尚燕平
内页制作｜青研工作室
投稿信箱｜curiosityculture18@163.com

北京联合出版公司出版
（北京市西城区德外大街83号楼9层100088）
北京联合天畅文化传播公司发行
天津丰富彩艺印刷有限公司印刷　新华书店经销
字数 95 千字　889 毫米 × 1194 毫米　1/32　6.75印张
2021 年 9 月第 1 版　2021 年 9 月第 1 次印刷
ISBN 978-7-5596-5478-6
定价：52.00 元